굿바이

굿바이

초판 1쇄 발행 | 2018년 07월 25일
지은이 | 이명인
펴낸이 | 최윤정
펴낸곳 | 바람의 아이들
만든이 | 최문정 이창섭 박한솔 양태종 이소희
등록 | 2003년 7월 11일(제312-2003-38호)
주소 | 04001 서울시 마포구 동교로 17안길 43-4
전화 | (02)3142-0495 팩스 | (02)3142-0494
이메일 | windchild04@hanmail.net
제조국 | 한국
구독 연령 | 11세 이상

ⓒ 이명인 2018

ISBN 979-11-6210-015-8 44800
      978-89-90878-04-5(세트)

「이 도서의 국립중앙도서관 출판예정도서목록(CIP)은 서지정보유통지원시스템 홈페이지(http://seoji.nl.go.kr)와 국가자
료공동목록시스템(http://www.nl.go.kr/kolisnet)에서 이용하실 수 있습니다.(CIP제어번호:CIP2018020831)」

굿바이

이명인 지음

바람의아이들

차례

감사와 사랑의 샘, 나의 가족에게
이 책을 드립니다.

높이 나는 새가 멀리 본다. -리빙스턴경 1장 1절.

저녁

날개가 무거워질 무렵, 해가 지기 시작했다. 바다는 핏빛으로 물들었다. 일과를 마친 갈매기들이 잠시의 짬을 내 바다 위에서 날개를 접었다. 고된 하루였다. 공식적인 하루 일과는 끝났지만, 반드시 그렇다고 보기는 어려웠다. 많은 갈매기들이 일과 후 해야 할 일들에 시간과 노력을 더 투자하기 때문이다. 강제는 아니지만, 어린 갈매기들은 관습적으로 밤하늘을 날곤 했다.

피피는 갈매기 무리에서 조금 떨어진 곳에 있었다. 저녁놀이 피피의 얼굴을 어루만져 주었다. 피피는 잠시 눈을 감고 석양의 따스한 어루만짐을 즐겼다. 엄마 품처럼 부드럽고 온화했다. 솜털이

보송보송하던 시절, 엄마의 푹신한 뱃살과 날개 틈 사이로 깃들던 빛의 아련함이 느껴졌다.

'이제 곧 밤이 올 거야. 그만 자렴.'

달콤한 석양의 목소리 사이로 부드럽고 단호한 목소리가 날아들었다.

"한계는 없어. 넌 할 수 있어. 그게 갈매기의 진정한 능력이야."

어느 새 다가온 플레처가 피피의 어깨를 토닥였다.

"갈매기는 무한히 자유롭고 신처럼 위대한 존재라는 걸 한시도 잊지 마렴."

플레처의 말에 피피는 자동적으로 리빙스턴경 1장 8절이라고 외쳤다. '나는 것을 연습하고 또 연습하라. 나는 자 속에서 선을 발견할 수 있을 때까지. 그것이 곧 사랑이라.'

그러나 피피는 좀처럼 친구들만큼 실력이 늘지 않았다. 왜 무한히 날아야 하는지도 모르겠다.

플레처는 온화했고 열정적이었다. 그의 온화함과 열정은 피피의 잠을 설치게 했다. 그렇다고 다른 친구나 쭈니처럼 대단한 목표가 있는 것도 아니었다. 다만 플레처의 사랑에 보답하고 싶었다. 고단함의 근원이었다.

"아버지는 말하셨지. 성자에게 직접 나는 법을 배웠던 그 플레처 린드 말이야. 난 그의 이름을 딴 내 이름이 자랑스럽단다. 아버지가 말씀하셨어. 갈매기의 길을 방해하는 것은 아무것도 없다. 그것이 위대한 갈매기의 규정이다, 라고 말이야. 린드 강령에는 말이야……."

플레처는 항상 꿈을 꾸듯 말하곤 했다. 아버지 플레처에 대한 자부심은 마르지 않는 열정의 연료였다. 특히 플레처가 린드 강령을 말할 때마다 뿜어져 나오는 오롯한 자부심은 피피에게는 부러움이며 두려움이었다.

"내가 정말 신처럼 위대한 존재일까요? 이렇게 형편없이 나는데도요? 아무리 해도 난 위대하게 날 수 없어요. 겨우 굶지 않을 정도로 사냥이나 근근이 하는 나 같은 갈매기도 정말 위대하게 될까요?"

"그렇단다. 네가 나는 실력이 늘지 않는 것은 인간이 버린 쓰레기에 안주하기 때문이야."

'새우깡이야말로 우리 갈매기들의 최대 간식거린걸요.'라고 말할 수 없었다. '어차피 인간이 버린 고기가 썩어 바다를 오염시키는 것보다 낫잖아요. 공짜는 누구에게나 즐거운 거 아닌가요?'라고는 더더욱 말할 수 없었다. 플레처의 자부심과 고매함은 피피의 생각을 천박하게 만들곤 했다. "그 따위 생각이 너의 무능을 부채질하는 악의 근원이야." 라고 쭈니 역시 말하곤 했다. 그래도 가만히 있는 것은 어쩐지 억울했다.

"하지만 저 갈매기들도 인간의 먹이를 탐내는 게 아닌가요?"

피피는 벌써 시작된 고급반 갈매기들의 놀이를 가리켰다. 피피가 도저히 낄 수 없을 것 같은 무리들은 검은 하늘을 높이 날고 있었다. 검은 하늘 위로 커다란 빛의 기둥들이 솟아 있었다. 오징어잡이 배들이 밝힌 불빛이었다. 자유자재로 나는 고급반 갈매기들은 빛의 기둥과 어둠 사이를 들락거렸다. 그러다 어느 순간 주낙줄에 딸려 오는 오징어를 향해 수직으로 자신을 메다꽂았다가 다시 높이 날아올랐다. 그들이 선보이는 급전 횡렬 비행은 최고급 비행 기술 중 하나였다.

피피는 그런 기술을 바라보았다. 고급반 갈매기들이 엄청난 모험을 벌일 때마다 이해할 수 없는 것에 대한 두려움과 의구심으로 온몸을 떨었다. 심지어 오금이 저리고 똥이 찔끔찔끔 나오곤 했다. 어쩌면 많은 고급반 갈매기들도 마찬가지일 것이다. 대부분의 고급반 갈매기들은 주낙 근처에 이르기도 전에 급하게 횡렬 비행으로 빛의 기둥을 빠져나오곤 했다. 빛의 기둥 안에 있을 때 그들이 얼마나 두려워하는지 여실히 드러나곤 했다. 두려움에 잡힌 자들은 누가 봐도 오징어 주낙에서 한참 떨어진 지점부터 날갯짓이 뻣뻣하고, 주춤거리다 황급하게 방향을 틀어버렸다. 죽음에 대한 두려움이 그들의 날갯죽지를 잡아채기 때문이다. 다행인 것은 빛의 기둥을 빠져나오면 곧 어둠 속으로 자신을 감출 수 있다는 점일 것이다. 모르긴 몰라도 그들은 어둠 속에서 한탄을 하고, 똥을 한웅큼 쏟아내며 부끄러움을 달랠 것이다. 하지만 그런 부끄러움과 좌절 대신 무모함에 운을 팔아버린 갈매기는 주낙줄에 걸려 목숨을 잃거나 인간의 방망이에 맞아 즉사하기도 했다. 대신 인간의 주낙에서 오징어를 낚아채는데 성공하면 그는 고급반뿐만 아니라 무리의 전설이 된다. 살아있는 동안의 전설을 위해 그들은 죽음과 타협하지 않는다.

피피의 질문에 플레처는 얼굴을 붉혔다. 누구도 이렇게 묻는 갈매기가 없었다. 고급반의 모험을 인간의 먹이를 탐내는 것이 아니냐고 묻다니. 멋진 기술을 뽐내는 것과 먹이 활동을 비교하다니. '그따위 생각을 하니까 찌질함에서 벗어나지 못하는 거야.'라는 말은 선생으로서 차마 할 수 없었다. 남들은 그들을 따라하지 못해서 안달이 나고, 환호를 보내며 뜨거운 감탄을 쏟아내기에 바쁜데, 어떻게 하면 저런 생각을 하는지 어처구니가 없었다.

물론 플레처는 고급반을 향한 대중의 반응을 좋아하지 않았다. 하지만 피피의 질문은 대답할 가치도 없을 만큼 저열했다. 잠시 당황한 플레처가 곧 평상심을 찾고, 막 입을 열려고 하는 순간 커다란 빛기둥을 따라 캐시가 수직 상승과 수직 하락의 묘기를 부렸다. 마치 빛의 기둥이 자신의 무대인 양 그는 맘껏 자신의 기량을 뽐냈다. 그의 행동 하나하나의 모든 순간이 자부심으로 가득 찬 게 느껴졌다. 순간 고급반 갈매기들이 일제히 끼루룩거리며 환호성을 질렀다. 고급반뿐만 아니라, 어둠 속에서 숨을 죽이며 그의 묘기를 지켜보던 모든 갈매기들이 소리를 질렀다. 그렇게 하지 않고 배길 수 없을 정도로 캐시의 비행은 카리스마 그 자체였고, 린드 강령의 현신이었다. 더할 것도 보탤 것도 없는 강령 그 자체. 그러니 고급반 학생들이 캐시를 마치 성자를 대하듯 경배하고 존경하는 것은 당연했다.

플레처는 고급반 학생들이 둥글게 뭉쳐 소리를 지르고 요란하게 날갯짓을 하며 자신들만의 의식을 치르는 것을 못마땅하게 바라보았다.

피피는 캐시의 묘기를 보며 찔끔 오줌을 지렸다. 날갯죽지는 빳빳하게 굳어 그대로 바다로 곤두박질 칠 뻔 했다. 플레처가 왼쪽 날개로 슬쩍 받쳐주지 않았다면 모두의 웃음거리가 되고 말았을 것이다.

캐시는 고급반의 교사였다. 그는 학생들의 용기를 북돋우기 위해 종종 자신의 묘기를 선보이곤 했다. 그럴 때마다 캐시의 학생들은 미친 듯이 열광했고, 사모했다. 다른 반 선생들과의 차별성은 캐시의 자부심이었다. 이제 많은 어린 갈매기들이 고급반을 꿈꾸기 시작했다. 상급반에서 최고를 자랑하는 대부분의 갈매기는 곡예단으로 가는 것이 큰 자부심이었다. 고급반은 무리의 최고 지도자가 될 꿈을 가진 소수의 소망일뿐이었다. 그러나 캐시가 오고 나서 곡예단보다 고급반이 학생들의 로망이 되었다. 캐시처럼 힘 있고 멋진 교사에게 배울 수 있다는 것과 캐시의 사단이 되는 것이 곧 명예였다.

사실 캐시는 학생이었을 때부터 전설 중의 전설이었다. 그만큼 린드 강령을 완벽하게 소화한 갈매기도 없었다. 당연히 무리의 우두머리가 되는 지름길로 들어섰다. 전설의 진정한 매력은 바로 그것이었다. 그런데 어쩐 일인지 캐시는 교사가 되었다. 캐시가 교

13

사로 온다는 소문은 삽시간에 퍼졌다. 학생들은 들떴다. 서로 캐시가 자기네 반을 맡기를 은근히 기다렸다. 어찌나 그 소문이 맹렬하게 번지고, 학생들이 들떴던지, 플레처마저 소외당할 정도였다. 조나단의 첫 제자 플레처 린드. 그리고 그 플레처 린드의 아들 플레처 린드 주니어. 무리는 린드 강령의 수호자 플레처 린드 주니어를 존경의 마음을 담아 플레처라 불렀다. 그런 플레처마저 밀려날 정도로 캐시의 비행에 대한 명성은 대단했다.

그러나 피피는 캐시를 보는 순간 남들과 다른 소원을 빌었다. 그의 이글거리는 눈빛과 발달한 가슴 근육과 날개 한쪽에 난 상처가 피피를 겁먹게 했다. 피피는 저도 모르게 오른쪽 날개로 자신의 얼굴을 가리고 말았다.

그가 고급반 교사가 되던 날, 쭈니는 날개를 물마루에 슬쩍슬쩍 스쳐가면서 아쉬워했다. 그리고 그날 이후 부쩍 더 인간의 마을을 기웃거렸다. 고급반은 단순한 실력보다, 캐시의 선택에 달렸다는 소문이 쭈니를 무모함과 용기의 경계선으로 밀어냈다.

피피는 고급반 무리에서 멀리 벗어나 빙빙 날고 있는 쭈니를 발견했다. 마음 같아서는 플레처에게 '나는 됐고요, 쭈니한테 고급 기술을 전수해주면 안 돼요?'라고 말하고 싶었다. 그러나 어쩐지 플레처에게 그런 말을 하는 것이 부끄러웠다.

　피피에게 플레처는 곧 투명해져 하늘과 하나가 될 갈매기로 보였다. '조나단의 몸이 공중에서 물결치며 가물거리더니 투명해지기 시작했다.' 조나단 성자가 이 세상을 긍휼히 여겨, 천국의 삶을 잠시 미뤄두고 지상으로 내려왔다가 다시 천국으로 돌아가는 마지막 장면이다. 피피가 가장 좋아하는 부분이다. 이 부분을 들을 때마다 꿈꾸듯 몽롱하고 아름다우며 숭고해졌다. 그래서 엄마를 졸라 몇 번이고 그 대목만 말해달라고 조르곤 했다. 피피는 언젠가 플레처도 투명해질 것이라는 상상을 하곤 했다. 그런 그에게 나는 됐고요, 쭈니에게나 고급 기술을 알려주세요, 하는 천박한 말을 어찌 주워섬기겠는가. 피피가 아무리 어려도 그런 분별쯤은 할 수 있다. 플레처야말로 무리 모두가 인정하는 진정한 스승이지 않은가.

　"애야, 저건 훈련의 한 과정일 뿐이란다."

　"하지만 인간의 먹이를 탐하는 건 맞잖아요. 왜 꼭 인간이 낚은 것을 채가야 하나요?"

　플레처는 잠시 숨을 멈추더니, 이내 낮은 목소리로 고급반을 향한 피피의 눈동자를 불러들였다.

"인간은 우리 갈매기들에게 불가근불가원의 존재란다. 너무 멀어도 너무 가까워도 안 될 존재지. 그러니 두려움을 없애야 한다. 정확한 기술이 그 두려움을 없애주지. 저거야말로 정확한 기술을 배우는데 최고란다. 정확하지 않으면 죽을 수 있거든. 정확함은 용기를 준단다. 그런 의미에서 저들의 비행은 린드 강령에 나오는 정확함을 제대로 익혔는지 시험하기 위한 것이란다."

피피는 처음으로 플레처의 말에 고개를 갸웃했다. 정확함을 시험하기 위해 목숨을 건다는 것은 이해할 수 없었다. 피피가 보기에 캐시는 자신의 능력을 과시하는 것처럼 보였다. 캐시는 자신의 묘기 때문에 다른 갈매기들이 우러러본다는 것을 즐기고 있었다. 캐시의 모든 것은 자신에 대한 자부심에서 나왔다. 그래서 눈부셨고, 그래서 모두들 경탄스러워하지 않는가.

피피는 고도의 능력자들에게는 자신이 모르는 무언가의 의미가 있는 모양이라고 생각하고 이내 풀이 죽었다. 겁쟁이인 자신에게만 저들의 용기가 무모함으로 보이는 것 같아 더욱 소심해졌다.

"'정확한 비행은 우리의 진정한 본질을 표현하는 최소한의 전진이다.' 린드 강령의 신조를 잊지 마렴."

'리빙스턴경 1장 7절이기도 하죠.'

피피는 속으로 외쳤다. 거의 자동 반사 같았다. 사실 피피는 나는 기술보다 암기하고 상상하는 일이 훨씬 즐거웠다.

"난다는 것은 우리의 본질이고, 비행 기술은 우리 내면의 본질을 깨닫는 과정이야. 먹이를 구하는 것이나 남의 찬사를 받는 것은 그저 부수적일 뿐이란다."

"정확한 비행 연습을 하기 위해 일부러 저렇게 위험한 일을 한다는 건가요? 또 저렇게 해야 우리의 본질을 깨달을 수 있다는 건가요?"

여전히 고수의 세계는 이해할 수 없었다. 피피는 결심했다.

"그렇다면 전 고급반에 가지 않을래요."

라고 말을 해놓고 피피는 쑥스러웠다. 초급반에서도 유급되어 중급반에 가지도 못하는 주제에 고급반이라니.

"……."

플레처의 침묵이 피피의 부끄러움을 부채질했다. 그러나 피피의 부끄러움은 오래 가지 않았다. 일제히 와- 하는 함성이 터졌기 때문이다. 플레처 옆에서 얌전히 그의 이야기에 귀를 기울이고 있는 줄 알았던 초급반 아이들의 환호 역시 고막을 찢을 듯 컸다. 피피는 아이들의 시선을 따라 눈을 돌렸다. 캐시가 입에 오징어를 물고 빛의 기둥을 따라 자랑스럽게 상승하고 있었다. 멀리서 봐도 그의 날개 끝에 자부심이 뚝뚝 흘렀다.

"으아악-."

찔끔 똥을 저린 것도 모른 채 피피는 비명을 질렀다. 무리 중에서 유일하게 비명을 지른 갈매기는 피피 뿐이었다. 스릴과 서스펜스는 피피가 좋아하는 놀이가 아니었다.

오래 전, 성자가 살았을 무렵, 갈매기들 최대의 오락은 인간의 배를 따라다니는 거였다. 인간의 배에서 새우깡을 던져주면, 갈매기들은 미친 듯이 그 새우깡을 차지하기 위해 경주를 벌이곤 했다. 좀 더 용감한 갈매기는 인간의 손이나 입에 물린 새우깡을 낚아채기도 했다. 갈매기들은 인간의 배가 출발해서 다음 섬에 도착할 때까지 배를 따라 섬과 섬 사이, 섬과 육지 사이를 오가는 놀이를 하곤 했다. 인간의 배가 일으키는 파도를 타고 노는 것 또한 즐거운 놀이 중 하나였다.

피피는 그때를 경험하지 못한 것이 아쉬웠다. 그때 인간들 손에는 새우깡이나 몇 가지 과자들만 있었다. 인간도 갈매기도 오락이고 약간의 모험이었다. 성자가 그것을 비루한 짓으로 규정하기 전까지.

지금 대부분의 갈매기들은 오락을 위해 인간의 배에 접근하지 않는다. 그건 저급한 삼류로 전락했다. 대신 진정한 용사들이 벌이는 모험을 관람하고 박수를 치며 환호한다. 말하자면 무리 모두의 오락은 소수의 위대한 모험가의 묘기를 관람하고 감탄하는 것으로 대체되었다. 반면 인간들에겐 약탈이 되었다. 그래서 인간들은 약탈 당하지 않으려고 몽둥이를 들었다.

"심장이 쫄깃해진다니까."

한 차례의 폭풍 같은 환호가 끝나자 갈매기들은 흥분을 가라앉히지 못하고 떠들어댔다. 피피는 새로운 용도로 변신한 '쫄깃함'이란 말이 맘에 들지 않았지만, 누구보다 잘 이해했다. 그리고 심장이 쫄깃하게 쥐어짜질 때마다 어쩔 수 없이 똥을 찔끔거리는 자신의 한심한 모습도 싫었다.

갈매기들은 캐시의 묘기에 고무되어 너나없이 빛의 기둥을 따라 무모하게 날기 시작했다. 더 이상 고급반이 수업을 할 수 없을 정도로 많은 갈매기들이 몰렸다. 심지어 초급반 학생들마저 흥분을 어쩌지 못해 빛의 기둥을 어지럽게 들락거리며 소리를 질러댔다.

하지만 심장의 과도한 쥐어짬으로 피피는 그만 녹초가 되었다.

피피의 날개는 더욱 무기력해졌다. 피피는 조용히 집으로 돌아왔다. 바다에선 여전히 흥분을 삭이지 못한 갈매기들의 시끌벅적한 소리가 한동안 더 이어졌다. 아직 많은 무리들이 축제처럼 바다를 날고 있었으므로 잠자리에는 늙은 갈매기들 몇이 전부였다. 휑한 공간 사이로 날아드는 저들의 떠들썩함이 피피를 더욱 외롭게 했다. 하지만 이미 접은 날개는 쩍 달라붙은 듯 움쩍도 하지 않았다. 무리의 소란스러움이 조금씩 잦아들 무렵, 천근만근 무거운 날개 사이로 잠이 멈칫멈칫 다가왔다. 소동이 지나고도 한참이 지난 즈음에야 옅은 잠 너머로 쭈니가 돌아오는 기척이 느껴졌다.

아침이 밝았다.
피피는 날개를 더욱 안으로 모았다. 어젯밤의 피로가 날개 끝에 돌덩이처럼 뭉쳐 있었다. 묵직한 눈두덩을 밀어 아침을 열었다. 돌섬 주변엔 벌써 갈매기들이 날아들기 시작했다.
"원래 갈매기는 밤에는 날지 않는 법인데……."
피피가 뭉그적거리자 아빠가 궁시렁거렸다.
"언제 적 이야기를. 끙. 옛날 같으면 혼자 먹이 사냥을 하고 자식도 여럿 두었다는 소리 한다고 옛날이 오는 것도 아니잖아요.

그런데 무슨 좋은 소리라고 아침부터 옛날 타령이래요."

"난 오늘 육지 깊숙한 곳까지 비행 연습 하는 날이에요. 거기에서 진귀한 것들을 잡아서 꼭 엄마 아빠한테 가져다 드릴게요."

"꼭 먹어야 되는 게 아니니까 무리하지 마라."

쭈니는 불쾌한 얼굴로 아빠를 바라보았다. 쭈니의 표정을 놓치지 않은 엄마가 대신 역정을 냈다.

"쭈니가 제 반에서 최고란 걸 몰라요? 왜 아침부터 쓸데없는 걱정으로 애 기를 죽이고 그래요? 쭈니야, 난 육지의 진귀한 먹이 맛 좀 보고 싶다. 자랑스러운 우리 쭈니."

그러고 나서도 엄마는 구시렁거리는 소리로 그 유약함이 아이들을 망친다며 아빠를 다그쳤다. 쭈니는 아빠의 유약함도 엄마의 응원도 다 귀찮다는 듯이 뒤도 돌아보지 않고 날아갔다. 피피는 쭈니가 그린 비행 궤적을 바라보며 어깨가 으쓱해졌다. 단숨에 수직으로 높이 차오르는 저 실력은 아무나 갖는 게 아니었다. 날개 펴기의 각도와 몸의 경직 상태, 두 다리를 잘 조정해야 가능했다.

"쭈니는 정말 멋져요."

피피는 아빠를 비난할 마음은 없었다. 하지만 저도 모르게 아빠의 비행 실력 따위론 어림없잖아요, 하는 눈빛으로 아빠를 바라보고야 말았다.

자주 머리와 몸은 엇박자로 놀았다. 비행 능력만 해도 그랬다. 피피야말로 린드 강령을 달달 외우고, 비행 교본까지 달달 외웠지만 그것대로 날 수 없었다.

"쭈니는 날 닮았어."

엄마가 쭈니의 비행 궤적을 바라보며 혼자 중얼거렸다. 피피는 무거운 머리를 가슴 깊이 묻고 쉬고 싶었다. 하지만 '넌 누굴 닮아서 그 모양이냐?'하는 엄마의 날선 눈길을 피하는 것이 더 우선이었다. 엄마→ 피피→ 아빠로 이어지는 시선 돌리기로 아빠를 곤란하게 하고 싶은 맘도 없었다. 쭈니는 엄마의 자랑인데, 자신은 아빠의 수치가 되고 싶지 않았다. 피피가 유급 당했을 때도 엄마는 아빠를 바라보았다. '당신을 닮아서 그래요.'라는 말은 해서 아는 게 아니다. 온 몸에서 뿡뿡 풍겨져 나온다.

피피는 날개를 푸드덕거리며 힘들게 발차기를 한 다음에야 겨우 하늘로 날아올랐다.

'이 평범함을 어쩔 것이야.'

제한된 육체에 갇혀 있는 가련한 존재라고 생각하지 말라는 성자의 말씀을 새기고 새겼지만, 한 번도 자신의 육체를 잊을 수 없었다. 실은 제한된 육체에 갇혀 있다는 것이 무엇인지 정확하게 이해할 수도 없었다.

피피는 육체에 갇혀 있는 것 따위 잊을 것, 그래서 먹는 것 따위는 중요하지 않다는 것을 무수히 세뇌시키고 또 세뇌시키며 뼈와 날개만 남도록 나는 일에만 전념한 적도 있었다. 당연히 쭈니의 중대 결심으로 이루어진 일이었다. 쭈니는 아빠의 눈을 피해 둘만의 지옥 캠프를 만들었다. 지옥 캠프를 만들 때 쭈니의 명분은 이랬다.

"어휴 너 같기도 쉽지 않은데 말이야. 너 같은 동생은 나에게 있을 수 없어. 지금부터 특훈이다!"

피피는 쭈니의 명분이 아리송했다. 자신이 세상에 없는 심각한 멍청이란 것보다 자신의 존재가 부모 형제에게 부끄러움이 된다는 것을 알았기 때문이다. 피피에게 쭈니가 자랑스러운 건 사실이었다. 그렇다고 그것이 피피 자신의 존재를 우월하게 만든다고 생각한 적은 없었다. 그런데 쭈니는 피피의 존재가 자신의 존재를 열등하게 만든다고 생각하다니. 피피는 그것을 이해할 수 없었다.

그때 첫 번째 한 일이 "너의 더럽고 무능력한 몸을 잊어라."였다. 굶기고 또 굶었다. 몸을 잊기 위해. 쭈니는 린드 강령 그대로 피피에게 가르쳤다. 바람타기, 비틀어날기, 수직날기, 몸에 힘 풀고 날기…….

"자, 여기 맛있는 전갱이가 보이지? 몸을 비틀어서 이곳까지 날아와 낚아채 봐. 이런 정도는 린드 강령 2장만 습득해도 나올 기술이야. 할 수 있지?"

그러나 비틀어날기는 생각대로 되지 않았다. 피피의 몸은 저 맛있는 전갱이를 먹어야 돼, 하면서도 몸을 비틀지 못했다. 쭈니는 전갱이까지 겨우 도달한 피피를 피해 훌쩍 날아올랐다. 그러면 고소한 전갱이의 냄새가 배고픈 몸을 더욱 선명하게 해주었다.

"자, 피피. 여길 봐. 여기 맛있는 먹이가 있잖니."

피피는 진짜 바보 멍청이가 된 기분이었다.

"내 몸을 잊으라면서. 몸을 잊었는데, 어떻게 먹이에 현혹되겠어."

"억지 부리지 말고. 그건 능력 없는 것들이나 핑계 대는 궤변이야."

그러더니 쭈니는 중대 결심을 한 듯 입에 물고 있던 전갱이를 날름 삼켜버렸다.

"자, 너의 현명한 판단대로 먹이를 없앴다. 비틀어날기로 내 날개 끝을 건드려봐.

섣불리 잘난 체 하지 말라는 말은 피피가 가장 자주 듣는 말 중 하나였다. 누구도 피피만큼 리빙스턴경을 외우지 못했기 때문이다. 단 하나 플레처를 제외하고.

피피는 전갱이가 넘어가면서 꿀럭거리는 쭈니의 목을 보며 침을 삼켰다. 그러나 침조차 남아있지 않았다. 그나마 남아있던 힘마저 사라졌다.

쭈니는 허공에 멈춘 채 날개 끝만 팔락거리며 피피에게 손짓했다. 피피는 이미 힘이 다 빠져서 금방 바다로 추락할 것만 같았다.

"이럴 때 일수록 날갯짓을 최대한 멈추고 에너지를 절약해야지."

쭈니의 날선 목소리가 피피의 머리에 꽂혔다. 그러나 몸은 여전히 머리로 이해한 것을 거부했다. 피피는 쭈니가 자신 때문에 열등감을 갖지 않도록 정신을 바짝 차렸다. 하지만 더 이상 피피의 날개는 무거워진 몸을 지탱할 수 없었다.

"전갱이마저 없으니까 날고 싶은 욕구가 더 없어졌어."

피피는 바다 위에 내동댕이쳐지듯 내려앉고 말았다.

"그 정도 의지로 어떻게 너를 이길 수 있겠어."

쭈니가 버럭 화를 내며 피피의 머리를 휩쓸어 버릴 듯 낮고 거칠게 날았다. 피피는 최대한 몸을 웅크린 채 쭈니를 향해 소리쳤다.

"'끊임없이 사랑을 실천하라.' 리빙스턴경 2장 7절."

피피의 말이 쭈니의 부아를 돋우었다. 그런데 피피는 한 술 더 떴다. 방금 지른 불에 기름통을 쏟아 붓는 격이었다.

"우리가 매처럼 날아서 뭐에 쓰는데?"

"헐! 그런 멍청한 말을……."

쭈니는 도저히 이해할 수 없다는 듯이 경멸스럽게 피피를 바라보았다.

"보고도 몰라? 세상은 능력자의 것이야. 멋지게 나는 갈매기들이 지금 무엇을 하고 있는지 안 보여? 너도 이제 철부지 어린애가 아니야."

"난 곡예사도 지도자도 되고 싶지 않아."

"부자도 되기 싫어? 온갖 진귀한 것을 먹고, 즐기고……."

쭈니는 말할 가치도 없다는 듯이 입맛을 쩝쩝 다셨다.

"곡예사들을 봐. 그들은 원하지 않아도 온갖 인기를 다 누려. 온갖 희귀한 먹이와 갈채와……."

쭈니의 눈은 이미 꿈을 꾸듯 아련해졌다.

"플레처는 우리의 한계를 극복하기 위해서 나는 연습을 하라고 했어. 인기나 돈을 위한 것은 먹기 위한 날기와 다를 게 없다고."

"그는 지나치게 현실을 몰라. 세상 물정을 모른다고. 자기를 숭배하는 어린 갈매기들에 둘러싸여서 헤어나오지 못하는 낭만주의자야."

피피는 그 누구 말도 이해할 수 없었다. 외우는 건 잘해서 플레처가 가르치는 말은 몽땅 다 기억하고 있지만, 플레처를 옹호해줄 수 없었다. 플레처의 말을 들으면 그의 말이 옳고, 쭈니의 말을 들으면 쭈니의 말이 옳았다.

"자, 다시 훈련해 보자."

"난 너무 배고프고 졸려."

"먹을 거 다 먹고, 잠잘 거 다 자면 언제 멋진 비행을 할 수 있는데?"

피피는 아무 말도 할 수 없었다. 그렇다고 할 말이 없는 것은 아니었다. 무엇보다 잠시 내려 앉은 바닷물이 어찌나 찰진지 자신의 몸을 묵직하게 끌어당기고 놓아주지 않았다. 발버둥을 쳐도 피피는 공중으로 날아오를 수 없었다.

"정신 차려. 어리석게 굴지 말고. 다 널 위한 거야. 빌빌거리며 사는 건 자신을 사랑하지 않은 대가야. 너를 사랑해봐. 멋진 너를 위해 지금을 견뎌. 곡예단에 들어가 사랑받는 널 상상하란 말이야. 얼른 날아올라!"

벼락같은 소리에 피피는 죽을 힘을 다해 버둥거리며 날아올랐다. 그러나 날개에 무거운 돌멩이가 얹혀 있는 듯 어깻죽지가 둔탁하고 느리게 움직였다. 두 다리는 꼬리 쪽으로 힘 있게 뻗어지지 않고, 바다로 향한 채 곧 내려가자고 보챘다. 두 날개는 자꾸만 기우뚱거렸다. 어찌할 수 없는 묵직함 때문에 날갯짓 하나 움직이는 것도 쉽지 않았다.

"자, 수평날기부터 시작해서 날 따라 천천히 올라와 봐."

그러나 피피가 보기에 쭈니는 거의 수직으로 날아오르는 것처럼 보였다. 피피는 최선을 다해서 앞으로 치고 나갔다.

"바보, 좀 더 위로. 속도를 높여야지."

쭈니의 목소리에 잔뜩 성이 났다. 하지만 피피는 아무리 날갯짓을 해도 속도가 나지 않았다. 한참 위에서 소리 지르는 쭈니를 따라 가고 싶지만 힘이 부쳤다. 어깻죽지는 미친 듯이 아팠다.

"내가 밤잠 못 자고 널 돕는 게 안 보여? 성의를 보이란 말이야, 성의를."

피피는 채찍처럼 날아오는 쭈니의 성화에 최대한 날갯죽지에 힘을 모아 위로 치솟았다. 그러나 맞바람을 이기지 못한 날개에 또다시 심한 통증이 몰려왔다. 그리고 곧바로 바다로 추락하고 말았다.

첨벙.

온 몸이 바닷물에 처박히는 순간까지 기억할 수 있었다. 하지만 그 뒤는 기억이 나지 않았다. 눈을 떠 보니 어느새 바닷가 덤불숲에 누워 있었다. 엄마가 조심스럽게 피피를 내려보고 있었다.

"정신이 드니? 선무당이 사람 잡는다더니. 쭈니가 딱 그 짝이다."

엄마가 혀를 끌끌 찼다. 피피는 한쪽에서 두런거리는 소리에 귀를 기울였다.

"피피를 부끄러워할 필요는 없단다. 피피는 피피고 넌 너야. 네가 피피를 부끄러워한다면 머지않아 이 아빠를 부끄러워할 거다. 왜냐하면 나도 곧 늙고 힘이 없을 테니까. 넌 너야. 우릴 떠날 수도 있어. 자유로우니까. 그러니 피피가 너처럼 되지 않는다고 절망하지 마라. 피피도 제 앞가림은 할 수 있을 거야."

"이번 일은 죄송해요. 하지만 그깟 제 앞가림이 중요한 게 아니라……."

피피는 쭈니가 뭐라고 말을 했는지 더 들을 수 없었다. 온몸이 몽둥이로 맞은 것 같아 다시 까무룩 잠이 들었다.

피피는 한동안 날 수 없었다. 둥지를 벗어나기 전처럼 날개를 접고 덤불숲에 숨어 있었다. 이런 사태가 한편으로는 창피했지만, 또 다른 한편으론 어린 아기로 돌아간 것 같아 행복했다. 그동안 주눅 들고 바보 같았던 자신을 잠시나마 잊을 수 있었다.

바닷가 덤불숲에 숨어 바다를 바라보는 일은 위험하고도 낭만적이었다. 주변의 솔개나 독수리의 눈에 띄는 순간 그들의 억센 발톱에 낚여 먹이가 될 것이고, 자칫 눈 깜짝하는 순간에 구렁이의 찐득한 뱃속으로 끌려갈 수도 있다. 그러나 엄마의 경고도 무시하고 피피는 고개를 들어 바다를 바라보았다. 잔잔한 물결과 짭조름한 바닷바람 위로 갈매기들이 유유히 나는 모습은 아름다웠다. '정확한 비행은 우리의 진정한 본질을 표현하는 최소한의 전진이다. 1장 7절.' 피피는 속으로 경전을 읊조렸다. 정확한 비행이 갈매기의 본질이라는 말씀이야말로 피피에게 가장 절박한 진리다. 먹이를 향한 정확한 비행을 할 수 없다면, 피피는 더 이상 갈매기가 아닐지 모른다고 생각했다. 피피는 날개를 슬며시 펴 보았다. 뼈가 부러지는 듯한 통증이 느껴졌다. 문득 두려움이 몰려왔

다. 앞으로 날 수 있을까. '날 수 없음'은 매나 독수리의 발톱보다
더 무서웠다.

'죽음보다 무서운 것이 있구나.'

순간 피피의 머릿속은 뒤죽박죽이 되었다. 날다, 먹다, 먹기만
하다, 아름답게 날다, 훌륭하게 날다. 그러면 비루하게 나는 일도
있을까. 피피는 멍한 눈으로 바다를 바라보았다. 파도가 흰 포말
을 일으키며 끝없이 밀려오고 밀려나갔다.

'곡예단처럼 멋지게 날지 못해도, 때로 린드 강령대로 정확하게
날지 못해도, 두 날개를 활짝 펴고 나는 것 자체가 자유가 아닐까.'

피피는 처음으로 경전과 다른 생각을 했다. 새삼 그토록 절망했
던 자신의 평범한 날갯짓이 귀하고 소중했다는 생각이 들었다. 난
다는 것은 자유로움이고 아름다움이며 갈매기의 본질이다. 평범
한 날갯짓으로 바람을 타며 노는 일은 즐거움이고, 먹이를 잡으려
는 절제된 날갯짓 역시 아름다웠다. 이토록 단순하게 날아도 충분
히 아름다운데 굳이 화려한 기교가 필요한 걸까.

피피는 다시 학교에 가게 되면 플레처에게 물어봐야겠다고 생
각했다. 하지만 이내 피피는 고개를 저었다.

'먼 옛날, 아직 갈매기 무리가 성자의 가르침을 받기 전, 하나의

몽매한 무리였을 때 갈매기는 그저 날고 먹기만을 하였다……. 그때 그들은 좀 더 큰 버러지에 불과했으며……. 그러므로 나는 것을 연습하고 또 연습하라. 나는 자 속에서 선을 발견할 수 있을 때까지. 그것이 곧 사랑이라.'

성자께서는 수평 비행부터 횡렬 비행, 순간적 자세 바꾸기 비행, 시속 200킬로미터를 극복하는 초고속 비행의 고난 등을 수련한 다음에야 선을 발견했고, 그 속에서 사랑을 발견하지 않았던가. 그것이 우매한 갈매기였던 무리를 이렇게 눈부시게 발전시킨 힘이고 사랑이라고 무수히 배우고 또 배웠었다.

피피는 자신의 안일함에 우울해졌다. 피피는 땅에 두 다리를 붙인 채 웅크리고 있는 자신의 꼴을 보았다. 거추장스런 물갈퀴는 발가락 사이에 쪼그라져 있고, 두 다리는 밥 달라고 조르는 뱃가죽 속에 숨어 있으며, 오므려 내린 꼬리는 모래에 파묻혀 있었다. 또 두 날개는 물고기 비늘처럼 비루한 몸에 쩍 달라붙어 있었다. 솜털을 벗지 못한 새끼 갈매기들이나 이런 자세로 어미를 기다리는 법이다.

피피는 고개를 들고, 다시 날개를 푸드덕거려보았다. 그러나 미처 날개를 다 펴기도 전에 앞쪽 먼 하늘 높이 날아오른 매 한 마리를 보았다. 매는 둥근 원을 그리며 천천히 하늘을 날았다. 순간적으로 피피는 그 우아함에 침을 꼴딱 삼켰다. 동시에 심장이 미친 듯이 뛰었다. 다시 한 번 그 매의 우아한 비행을 보고 싶다는 생각과 움직이면 안 된다는 두 생각이 맹렬하게 부딪쳤다. 피피는 펄떡이는 심장을 억누른 채 움츠린 몸을 더욱 움츠리고 죽은 듯이 꼼짝도 하지 않았다.

'올려다 봐, 그래야 피하지. 이런, 이런 멍청한 데다 이젠 겁쟁이이기도 하군. 클클.'

피피는 자신의 절망에 저항하듯 고개를 꼿꼿이 쳐들었다. 순간 매가 맹렬한 속도로 수직 낙하하면서 두 발을 쫙 펴는 게 보였다. 매의 푸드덕거리는 소리는 천둥소리보다 크고 무서웠다. 피피는 날카롭게 빛나는 발톱이 자신을 향해 내려꽂히는 것을 멍한 눈으로 바라보았다. 순간 송곳처럼 예리한 두려움이 피피의 목덜미를 찔렀다. 피피는 저도 모르게 찔끔 똥을 쌌다. 피피는 숨을 멈춘 채 얼어붙었다. 몸은 마비된 듯 꼼짝도 하지 않았다. 곧이어 천둥처럼 퍼덕이는 날갯짓 소리와 찍찍거리는 소리가 하늘로 퍼지며 멀어졌다. 피피는 정신이 몽롱한 가운데서도 힘차게 날아오르는 매의 날갯짓을 두 눈에 쏟아 넣었다.

그리고 1초쯤 후에야 자신의 눈 속으로 쏟아 부은 것이 바로 맹렬하게 아름다운 비행을 '보았다'란 사실을 깨달았다. 그 사실을 깨닫고 0.1초 만에 송곳 같던 두려움이 온 몸으로 퍼지며 빳빳해진 몸을 옆으로 툭 쓰러뜨렸다. 꼴까닥!

다행이었다. 기절하며 쓰러진 쪽은 다친 날개 쪽이 아니었다. 그러나 다행스럽다는 생각보다 아무도 없이 혼자 겁에 질려 기절했다가 깨어났다는 사실이 더 서글펐다. 날 수 없는 자신의 삶은 혼자 감당해야 할 몫이란 것이 선명하고 쓸쓸하게 다가왔다. 날 수 없음과 날 수 있음의 경계는 고통과 절망이었다. 그러면서 '멋지게 날지 못하는 것'은 절망이 아닐 수 있다는 생각이 날개 끝을 간질거렸다. 그러나 곧 쭈니의 천둥 같은 목소리가 들려왔다.

"그 안일함이 널 비루함으로 이끌 거야. 널 사랑하지 않은 대가는 찌질함이라니까."

그러나 쭈니의 천둥같은 목소리보다 더 간절한 것이 피피를 괴롭혔다. 미친 듯한 허기였다. 극도의 긴장감이 사라지고 나자 어처구니없게도 배가 고팠다. 쓸쓸함과 배고픔은 서글픔을 극대화시켰다. 그 서글픔에 하마터면 큰 소리로 목 놓아 울 뻔 했다. 다행히 그러기 전에 엄마가 돌아왔다. 엄마의 날개에서 고래섬의 바람 냄새가 났다. 엄마는 물고기 대신 쓰디 쓴 나무 열매를 가져왔다. 반가운 마음에 공연히 엄마에게 투정을 부렸다.

"그래도 먹으렴. 지로 할멈한테 물고기 세 마리를 주고 얻은 비법이야. 그 할멈은 갈수록 심술이 더해가는구나."

지로 할멈은 망지기 할멈이었다. 갈매기 무리가 온갖 비행 기술을 터득한 뒤로 갈매기 수명은 길어지고 또 길어졌다. 깊은 육지의 희귀한 먹이를 비롯한 심해의 영양이 풍부한 먹이까지 다양해진 음식이 원인이었다. 비행 기술의 발달로 먹이는 다양하고 넉넉해졌다.

지난 날, 늙음은 눈에 띄지 않았다. 삶의 연속선상에서 일어나는 자연스런 현상이어서 특별한 일이 아니었기 때문이다. 하지만 이제 늙음은 단연 눈에 띈다. 그것은 늙음이 균형을 잃으면서 시작되었다. 과거에 늙음은 어린 시절만큼 짧았다. 이제 늙음은 인생의 절반을 차지한다. 그 전까지 모든 갈매기는 스스로 먹이 활동을 했고, 먹이 활동을 할 기력이 줄면 먹는 것이 줄면서 자연스레 죽었다. 그러나 좋은 먹이는 생명을 연장시켰지만, 젊음을 주지는 못했다. 먹이 활동이나 날갯짓을 못해도 생명은 끈덕지게 붙어 있었다. 갈매기 역사 이래 가장 낯선 존재가 나타난 것이다. 그들은 갈매기의 본질인 '비행'을 제대로 할 수 없으므로 갈매기가 아니었다. 한동안 무리는 갈매기였다가 갈매기가 아닌 것으로 바뀔 수 있는가를 놓고 낯선 공방을 했다. 그러나 그건 한낱 '말'일 뿐이었다. 그들은 무리 가운데 엄연히 존재했고, 자신의 목숨을 부지하기 위해 뭐든 먹을 것과 바꾸고 과다한 것을 요구했다.

일부는 린드 강령의 과도한 비행술이 오히려 비행과 수명의 불균형을 초래했다고 수군대기도 했다. 하지만 공개적으로 말할 수는 없었다. 어쨌든 늙음은 꼴사나운 것이 되었다. '늙은 갈매기'는 처치 곤란, 짐 덩어리, 사회악, 자신을 관리하지 못한 무능력자와 같은 말이었다. 그들은 처참하게 굶주리거나 비루한 행운으로 여생을 보내다 생을 마감했다. 하지만 얼마 전부터 늙음을 이용할 새로운 방법이 탄생했다.

처음에 그것은 그저 우연이었다. 곡예단 중 누군가가 인간의 마을에 널린 물고기 한 마리를 물고 왔었다. 순전히 자신의 비행술과 용기를 과시하기 위한 것이었다. 그런데 그 고기는 정말 희한했다. 배는 처참하게 열려, 가장 맛있고 부드러운 내장도 없이 납작한 평면이었다. 그래서 몸통 좌우로 있어야 할 두 눈이 한 면에 모두 있었다. 심지어 대가리가 몽땅 사라져, 과연 이게 물고기인가 알 수 없기도 했다. 그것은 물고기라는 자신의 명예마저 잃은 채 물이 아닌 허공에 널려 있었다는 거였다. 게다가 촉촉한 수분은 온데간데없고, 살점은 퍽퍽하고 질겼다. 무리는 그것이 물고기인지 아닌지 심심풀이 논쟁을 벌이다가 덤불숲에 던져버렸다. 그런데 물고기인지 아닌지 모를 그것은 며칠이 가도 썩지 않았다. 재미삼아 맛본 누군가에 의하면, 맛도 처음과 큰 차이가 없었다. 그것을 늙은 갈매기가 뒤뚱뒤뚱 걸어가 먹었다.

어느 날부턴가 젊은 갈매기 무리 사이에서 평면 물고기를 훔쳐오는 시합이 벌어졌다. 처음엔 자신의 용기를 내보이기 위해 늙은 갈매기를 망지기로 두어 전시하기 시작했다. 하지만 이내 그 물고기는 사냥하기 싫은 날, 몸이 아픈 날, 날이 궂은 날 먹는데 안성맞춤이란 사실을 발견했다. 먹다보니 맛도 별미로 즐길 만 했다.

실로 비행술은 갈매기 무리 최대의 혁명이었다. 그 중 가장 화려한 기술은 인간의 문명을 훔쳐오는 것이었다. 희극적인 몰골로 허공에 널려있는 물고기의 존재를 알아챈 후 갈매기들 사이에선 '허공을 나는 물고기' 붐이 일었다. 맛없는 물고기가 어느 새 명품처럼 취급되었다. 그것을 지키는 망지기를 두면 그 갈매기는 찬사를 받았다. '있는 갈매기'가 되었다. 그 붐의 가장 큰 수혜자는 '늙은 갈매기'였다. 그들은 비루하게 붙어있는 자신의 목숨을 연명할 새로운 사명을 발견했다. 바로 망지기였다. 용감한 갈매기가 인간에게 훔쳐온 평면 물고기를 가져오면 그것을 지키는 임무를 부여받았다. 그러면 자디잔 꽁치나 새끼 갈치를 보상으로 얻어먹을 수 있었다. 가끔 자신의 경험을 젊은 갈매기들에게 알려주고 멸치나 꽁치를 부수입으로 챙겼다. 예전에는 당연히 무리에게 전수했어야 할 지혜를 늙은 갈매기들은 물고기와 바꾸었다. 젊은 갈매기들은 늙음을 대비해 자신만의 지혜를 꽁꽁 숨겨두었다. 계절별, 일별 물때에 따른 물고기 이동이나 인간의 배가 자주 출몰하는 지역이나, 인간의 배 모양이나 계절에 따라 낚는 물고기 어종이 어떻게 달라지는지 따위의 삶의 지혜가 늙음을 위해 쓸 저축이 되었다. 혹은 당장의 먹이나 명예와 바꿀 화폐가 되었다.

피피는 망지기 할멈이 알려준 열매를 꽁치와 함께 나흘이나 먹었다.

피피는 날개 끝에 무거운 피곤을 달고 돌섬으로 푸드덕거리며 날아갔다. 플레처와 친구들은 벌써 수업을 시작했다. 솜털을 벗은 이후로 피피의 아침은 늘 무거웠다.

갈매기들은 찌질하게 푸드덕거리며 지각한 피피를 한심한 눈으로 바라보았다.

'알아, 알아.'

피피는 유급생을 보는 뻔한 시선은 이젠 질렸다는 듯이 고개를 끄덕였다. 움츠러든 속마음이야 두 날개로 얼굴을 가리고, 그대로 바닷물로 잠수해버리고 싶지만, 정말로 그랬다간 바보 취급 당하기 딱 좋았다. 피피는 뻔뻔하게 날개를 좌악 펴고 무리 위를 빙 돌았다. 생각 같아선 고급 기술로 조롱의 시선을 확 제압하고 싶었지만, 언제나 마음과 몸이 따로 노는 게 문제였다. 피피는 멋진 비행의 쓸모를 뼈저리게 느꼈다. 저 깔보는 눈빛을 제압할 가장 확실한 '무기'는 멋진 비행이었다.

"그래, 지난밤은 좀 피곤했지?"

플레처의 다정한 인사가 피피의 속물근성에 어퍼컷을 날렸다.

"죄송합니다."

"선생님, 어젯밤 캐시가 오징어를 낚아챈 그 비행법을 배우고 싶어요."

잘난 체 대마왕 루이가 도발적인 눈으로 플레처를 바라보았다. 순간 초급반 갈매기들은 일제히 플레처를 바라보았다. 이유야 분분하지만 플레처가 캐시를 못마땅해 한다는 것쯤은 다들 눈치 채고 있었다.

플레처는 루이를 바라보았다. 그의 입은 굳게 다물려 있었다. 초급반 주제에 무엇을 가르쳐 달라고? 하는 어이없음과 그 캐시 놈의 비행을 내게서 배우겠다고? 하는 노여움으로 교직된 눈빛이 초급반 아이들을 감쌌다. 플레처의 눈빛에 아이들이 움츠러들었다. 하지만 루이는 더욱 도발적으로 플레처를 다그쳤다.

"린드 강령에 방향을 바꿀 때의 각도가 15도를 넘지 않는 것이 핵심 기술이라고 했는데, 급전 횡렬과 급전 수직할 때 날갯죽지 처리 방법에 대해서는 나오지 않은 것 같아요."

순간 와, 하는 경탄의 눈길들이 루이를 향해 쏟아졌다. 루이는 가볍게 고개를 끄덕였다.

'쳇, 캐시처럼 오만한 꼬라지하고는. 여기가 초급반인데 린드 강령 10장 이후 것을 가르쳐 달라고? 감히 곧 투명하게 사라질 고고하신 플레처 선생에게 저따위 도발적이고 버릇없는 눈빛은 또 뭐람. 아무리 철없고 욕심이 많다고 해도 똥인지 된장인지 구분해야하잖아. 애들이 갈수록 버릇이 없다니까. 유급 당해보니 알겠는데, 지난 번 애들 다르고, 이번 애들이 달라.'

피피는 저도 모르게 고개를 저으며 쯧쯧거렸다.

"이보게, 어린 친구."

순간 플레처의 눈빛에 꽁꽁 묶여 있던 갈매기들이 일제히 피피를 보았다. 하필 이 무겁고 촘촘한 눈빛에서 우릴 풀어준 게 네까짓 피피란 말이야? 하는 아니꼬움이 묻어났다.

"그건 쓰디쓴 열매를 먹으며 열흘 밤낮 덤불숲에 내동댕이쳐질 각오를 해야 하는 거야. 수시로 매가 위협하고 고양이의 발자국 소리가 너의 몸을 오싹하게 감싸는 두려움을 안고 말이지. 들어는 봤나? 슥삭, 스스삭. 구렁이가 배를 쓸며 다가오는 소리를. 그 소리는 숫돌에 칼 가는 소리와 닮았지. 구렁이란 놈은 말이지……."

피피가 한껏 공포 드라마로 어린 것들의 목을 움켜쥐려는데 루이가 끼어들었다.

"두려움에 발목 잡힌 너의 꼬라지가 우리들의 반면 교과서라는 걸 알려나 모르겠네. 클클클."

피피의 말에 살짝 동요의 눈빛을 보이던 무리들까지 일제히 루이의 웃음에 동조했다.

"반면 교과서가 아니라, 반면 교사. 훌륭한 교사지."

피피는 목소리에 잔뜩 힘을 주고 루이를 바라보았다.

"자기가 교사래. 끼루룩 끼루룩, 크윽."

누군가의 외침에 무리들은 일제히 피피를 둘러싸면서 킬킬거렸다. 그때 점잖은 목소리로 플레처가 나섰다.

"오늘 배울 것은 지난번에 여러분이 제대로 하지 못했던 속도 조절법입니다."

마치 좀 전의 소동 따위는 있지도 않았다는 듯 무심한 목소리였다. 여태 진흙탕에서 뒹굴던 무리에 느닷없이 성수 한 사발이 쏟아진 것 같았다. 어린 갈매기 누구도 플레처의 말에 이의 제기를 하지 못했다. 하지만 뭔지 모를 불만이 목울대를 껄끄럽게 했다.

"수평 비행에서의 속도 조절법과 달리 수직 하강 할 때의 속도 조절은 여러분의 생명과 직결된다는 걸 반드시 염두에 두어야 합니다."

피피가 유급된 결정적인 비행 기술이었다. 얼마 전 다쳤던 오른쪽 날개가 욱신거렸다.

"자, 여러분의 펼친 날개 끝으로 오늘의 바람을 느껴야 합니다. 바람의 방향과 세기……."

그때 루이가 무리들보다 훨씬 높은 위치로 날아올랐다. 플레처가 급하게 루이 옆으로 날아올랐다. 곧 루이가 불만이 가득 담긴 눈으로 무리가 있는 곳까지 내려왔다.

"자, 루이를 내려오게 한 까닭이 무엇일까?"

"높이 나는 새가 멀리 본다는 조나단 성자의 말씀을 실천하려는 것뿐이에요."

루이가 울분에 찬 목소리로 외쳤다.

갈매기들은 아무 말도 하지 않았다. 모두들 수직 하강 하는 기술을 언제 가르쳐주나 하는 생각으로 플레처를 바라보았다. 하지만 플레처 역시 갈매기들의 답변을 기다릴 뿐이었다. 잠시 무거운 침묵이 흘렀다.

"'높이 나는 새가 멀리 본다.' 리빙스턴경 1장 1절. 하지만 그 구절을 그렇게 사용해야 할까?"

피피의 말에 갈매기들은 물론 플레처마저 어이없다는 듯이 피피를 바라보았다. 리빙스턴경을 주워섬길 때마다 플레처는 '그깟 경전 따위 집어치우고'하는 듯한 시선을 보낼 때가 종종 있었다. 하지만 피피는 그의 시선 따위는 아랑곳하지 않고 말을 이어갔다.

"루이가 올라간 높이는 먹이 사냥에 부적합합니다. 그건 곡예를 할 때의 높이입니다."

이미 중급반으로 올라간 친구들 때도 있었던 일이다. 유급된 자로서의 자의식일지 모른다는 생각이 들기도 했지만, 가끔 철없이 날뛰는 것들이 어쩐지 불쾌했다. 특히 경전을 함부로 오용하는 것은 피피가 제일 싫어하는 것이었다. 그제야 플레처가 다음 말을 이어나갔다.

"린드 강령에 의하면."

플레처는 잠시 숨을 멈추고 학생들 하나하나를 둘러보았다.

"린드 강령에 의하면, 루이가 올라간 높이에서 날개의 각도를 너무 좁히면 어떻게 되는지 자세히 나옵니다. 루이가 올라간 높이에서 그대로 수직 낙하해 다이빙한다면, 물고기를 정확하게 볼 수 없는 것은 물론이고, 여러분 실력으로는 속도 조절이 힘들어져서 결국은 400킬로미터 이상 속도로 물속에 처박힐 수밖에 없습니다. 그러면 여러분의 몸은 어떻게 될까요?"

"난 이미 사냥 따위는 마스터했어요."

루이의 말에 무리는 얼음처럼 굳어졌다. 감히 성자의 직계 제자였던 플레처 린드의 아들 플레처 린드 주니어에게 대들다니. 그러나 플레처는 조금도 흔들리지 않는 목소리로 루이를 바라보며 입을 열었다.

"루이, 지난 시간 너의 점심을 사냥한 것이 누구였는지 잊었니?"

"저요."라고 가슴을 활짝 펴고 나설 수 없는 것이 피피는 아쉬웠다. 언제나 피피가 자랑할 만한 사건들은 이런 때 일어나곤 했다.

결국 루이 때문에 수업은 시무룩한 분위기로 진행되었다. 그런데 어쩐지 무리는 피피를 원망의 눈으로 흘겨댔다. '넌 왜 하필 그 타이밍에 도덕 교과서 같은 정답을 말하고 난리니.' '넌 왜 하필 루이에게 점심 사냥을 해주고 지랄이었니? 점심 한 끼 굶는다고 죽는 것도 아닌데.' '그렇게 몸만 생각하고, 몸만 집착하니까 유급생이지.' '유급생 티를 그렇게 내야 속이 시원하니?' '경전을 외듯 날기를 그렇게 해보라지, 흥. 부리만 살아서는.'

피피는 '알아, 알아.'라고 태연한 척 날개를 몇 번 접었다 펼 수도 없는 이 상황이 불편했다. 피피는 구원의 마음으로 플레처를 바라보았다. 그러나 플레처의 세상에는 애초부터 이런 궁지 따위 없었으므로 무심하게 수업을 이어갔다. 오히려 어린 갈매기들이 철없이 나대지 않고 조용해서 좋다는 듯 편안한 얼굴이었다.

피피는 무리의 맨 바깥쪽에서 조용히 속도 조절 연습을 할 수밖에 없었다. 어린 것들은 어린 것들대로 피피를 무시하고, 플레처는 플레처대로 피피에게 고마워할 마음 따윈 없었다. 그렇게 매번 선생님을 대신해서 나서주었건만. 쭈니나 부모님이었다면, 홍, 칫, 뿡 하고 삐치는 시늉이라고 할 수 있으련만 그럴 수도 없었다. 덕분에 나는 일에 더욱 집중할 수 있다는 게 그나마 다행이었다. 두 다리를 배에 바싹 대고 쭈욱 올라갔다가 수직 낙하하기를 하고 또 했다. 올라갔다가 처박고, 올라갔다 첨벙 빠지고, 오르다 다리에 힘이 풀려 빙그르르 떨어졌다. 떨어지고, 처박고, 떨어지고, 처박고. 어차피 따돌려진 유급생이 할 짓이란 게 이것밖에 없다는 듯 무념무상으로 속도 조절에 매달렸다.

그러다 어느 순간 피피는 짜릿한 성취감으로 날개를 퍼득거리며, 모두 보란 듯이 기쁨 충만한 웃음을 날렸다. 끼루룩 크아악, 끼루룩 크아악!

"곧 중급반으로 갈 수 있겠구나."

플레처의 목소리에 피피는 의기양양해져서 무리를 바라보았다. 그러나 무리가 박수를 보낸 것은 피피가 아니라 루이에게였다. 피피는 잠시 무르춤해졌다. 그러나 가만히 있기에 피피의 기쁨은 너무 컸다.

"보세요. 저도 된다고요."

피피는 플레처가 보는 앞에서 속도 조절을 보여주었다.

"그래. 잘 했다. 안정적인 단계에 이를 때까지 좀 더 지켜보자."

플레처의 말에 피피는 '연속해서 거듭거듭 성공한 거라고요.'라는 말을 삼켰다. 언제나 그렇듯 피피의 자랑거리는 남의 잘못이나 남의 일취월장 뒤에 부록처럼 따라 붙는 꼴이 되고 말았다.

'역시 내게 칭찬은 고양이하고 사이좋게 노는 것만큼이나 어색한 일이지 뭐야.'

그러나 피피는 곧 기분이 좋아졌다. 누가 뭐래도 속도 조절에 성공한 것은 성공한 것이다.

"흠, 오늘은 내게 충분한 보상을 줄 가치가 있어."

피피는 그 날 방과후 수업에 가지 않았다. 누가 주든 자유는 언제나 달콤했다. 피피는 당당하게 수업을 제쳤다. 이런 당당함을 얼마 만에 맛보는 것인지 어깨춤이 절로 났다. 피피는 바람과 밀고 당기고 장난질하면서 집으로 돌아왔다.

"오늘은 일찍 왔구나. 잘 됐다. 오늘 문화 공연이 있는데 너한테도 필요할 거야. 가자."

"여보, 거기에 왜 피피를 데려가."

아빠가 말렸지만 엄마는 이미 엄청난 미끼를 던지는 중이었다.

"잰 지금부터 갈 필요가 있어요. 소심함을 벗어나야 쭈니처럼 담대해지지요. 거기에 가면 맛있는 저녁도 공짜로 주고 곡예단 쇼도 볼 수 있어."

"역시 오늘은 뭔가 되는 날이야."

피피는 두말 않고 엄마 아빠 옆에서 나란히 날개를 폈다.

공연 장소는 갈매기 무리가 주로 머무는 돌섬에서 한참 떨어진 곳이었다. 커다란 곳을 가로질러야 하는 이곳은 피피가 처음 와보는 곳이었다.

"조금 있다가 쭈니를 볼 지도 몰라. 상급반에서 가는 원거리 체험장이기도 하니까."

엄마 말에 피피는 들뜨고 설렜다.

"저도 곧 중급반에 진급할 수 있을 거 같아요. 그동안 안 됐던 수직 하강 때의 속도 조절을 오늘 성공했거든요."

그러나 피피의 자랑질은 미처 부모님 귀에 닿기도 전에 방해물이 나타났다. 이번에는 지도자의 커다란 목소리였다. 피피는 살짝 아쉬울 뻔 했지만 곧 잊었다. 불운도 익숙해지면 덤덤해진다. 징크스도 습관이 되면 법칙이 된다.

지도자의 목소리는 희망차고 강했지만, 피피를 끝까지 집중시

킬 수는 없었다. 피피는 졸기 시작했다.

"……곧 우리는 무한 자유 앞에 있는 거요. 그것이야말로 조나단 성자가 우리에게 선물한 것이란 말이오. 그런데도 맘껏 날지 못하는 것은 죄악이오……. 순전히 개인의 무능 때문이란 말이오. 성자께서는 이 삶에서 배우지 못한 것이 다음 삶의 짐이 된다고 하셨지만……."

"리빙스턴경 2장 6절."

피피는 졸면서도 지도자가 인용한 경전의 내용을 정확하게 찾아냈다.

"……이 삶, 저 삶까지 갈 필요가 없습니다. 당장 젊어서 배우지 못하면, 그리하여 무능하면…… 자신의 무능을 사회 원조와 이웃의 봉사, 희생으로 채워야 합니다. 그것은 죄악이오. 우리 갈매기 사회를 우울하게 만드는 악이란 말이오. 가장 아름답게 나는 것이야말로 우리의 본질이며 우리의 생명을 유지시켜주는 것이오. 내 말은 절대 거짓이 아니오. 그것을 증명해 줄 우리의 젊은 용사들을 소개하겠소."

피피는 엄마가 툭툭 치는 바람에 완전히 잠에서 깨어났다. 고대하던 곡예단의 모습을 가까이에서 볼 수 있게 된 것이다. 피피는 직감적으로, 드디어 아무런 장애 없이 아이들 앞에서 자랑질을 할 순간이 왔다는 것을 알았다. 너희들이 겨우 방과후 훈련이나 할 동안 말이야……. 피피는 한순간도 놓치지 않고 곡예단의 모습을 지켜보았다. 심지어 곡예단들의 모습을 보면서 벌써 머리 한쪽에서는 내일 이 광경을 어떻게 설명해야 할지까지 계획이 서기도 했다. 어디쯤에서 더 뜸을 들이고, 어떤 것은 좀 더 빨리 말해버릴지 결정되었다.

곡예단은 마치 기러기처럼 편대를 이루어 여러 대형을 마음대로 바꾸는 것으로 쇼를 시작했다. '곡예단이 짜잔 나타났지. 마치 기러기처럼 가오리형으로 나타났지만 눈 깜짝할 사이에 오징어 모양으로 변했어. 그리고는 이내 되새 떼처럼 한 데 뭉쳐서 원이 되었다가…….'

보는 것과 말할 거리가 피피의 머릿속에서 동시에 이루어졌다. 그러나 차마 두 가지가 동시에 일어날 수 없는 광경 앞에서 피피는 그저 입을 벌리고 있었다.

곡예단은 하나씩 짝을 지어 상공에서 매처럼 수직 낙하를 하면서 서로 간발의 차이로 어긋나는 동작을 연이어 벌였다. 그들은 서로 겹치는 지점에 이르러 방향을 틀어 수직 상승을 하거나 그대로 바닷물에 닿을 듯 급강하하였다. 심지어 벌새처럼 제자리 비행까지 선보였다.

과연 갈매기는 위대하였다. 성자의 말씀은 틀리지 않았다. 어떻게 발전할지 미래는 무한히 펼쳐져 있었다. 누구도 그것을 가로막지 않았다. 자유, 무한 가능. 얼마나 설레고 멋진 일인가.

피피는 당장이라도 저 무리에서 돌고래처럼 회전돌기를 한바탕 펼칠 수 있을 것 같았다. 세상에 불가능이란 없어보였다. 불가능? 그건 무능이며 죄악이다.

"바로 여러분과 여러분 자녀들이 이룰 우리의 모습입니다. 여러분 속에 잠자고 있는 것을 끄집어내야 합니다. 그것이 바로 우리 갈매기 무리의 본모습입니다."

곡예단의 모습에 넋을 잃었던 무리들이 끼룩 끼루룩- 함성을 질렀다.

"지금부터 곡예단 실습생들과 캐시의 고급반이 함께 육지 깊숙한 곳에서 사냥한 음식을 드리겠습니다. 과거에는 절대 맛볼 수 없던 진귀한 것입니다. 캐시가 이 일을 위해 무한한 희생과 봉사를 제공했다는 것도 기억해주십시오. 이 음식이 바로 여러분 내면에 움츠리고 있는 우리의 본질을 깨우길 기대합니다. 자, 이제부터 만찬을 즐기십시오."

말이 끝남과 동시에 한 무리의 젊은 갈매기들이 음식물을 모래
사장과 얕은 바다를 향해 뿌리기 시작했다. 피피는 어른들 틈에서
지지 않으려고 발버둥치면서 비처럼 내리는 음식물 쪽으로 날아갔
다. 그리고 생전 처음 보는 음식들을 허겁지겁 집어먹기 시작했다.

"아빠, 이것 보세요."

몇 개의 이름 모를 음식들을 집어 삼킨 후, 피피는 아빠를 찾았
다. 그러나 아빠는 보이지 않았다. 엄마 역시 마찬가지였다. 피피
는 입에 한가득 음식물을 집어넣고 공중으로 날았다. 해변 한 귀
퉁이에서 아빠와 엄마가 보였다. 그리고 쭈니도 보였다. 피피는
서둘러 그쪽으로 향했다.

"아빠, 엄마. 이것 좀 맛 보세요."

피피는 마치 자신이 사냥이라도 한 듯 자랑스럽게 입에 물고
온 낯선 먹이를 내려놓았다. 그러나 피피는 이내 뭔가 잘못되었다
는 것을 알았다.

"자랑스러운 일이잖아요."

엄마의 짜증스런 목소리가 들렸다.

"일단 여길 벗어나자."

아빠는 마침 도착한 피피를 보자 엄마와 쭈니를 향해 말했다. 아직 바닷가에는 갈매기 무리들이 먹이를 먹느라고 정신이 없었다.

"저건 공짜가 아니야. 성자께서 누누이 말했던 인간의 낚싯배에서 비루하게 얻어먹는 것과 다를 게 없는 짓이지. 아니, 오히려 더 나빠."

아빠의 말에 엄마가 발끈했다.

"공짜가 아니면 뭐예요? 지도자들이 우리에게 뭘 요구했나요? 더구나 저 별미는 바로 우리 자식, 쭈니가 잡아온 거라고요."

피피는 귀가 번쩍 뜨였다. 쭈니가 잡았다고? 분명 지도자는 별난 음식을 제공한 것은 곡예단 실습생과 캐시 고급반이라고 했다.

"당장 우리 집이 가장 큰 비용을 지불했어요. 자식을 헌납한 거지."

아빠는 곶 넘어 바닷가 근처에서 날개를 접었다. 엄마와 쭈니, 피피도 따라 날개를 접었다.

"어떻게 우리를 속이고 곡예단 실습생이 될 생각을 했니. 난 네가 상급반 수련을 떠난 줄 알았다. 넌 그렇게 말했어."

"예. 하지만 내 꿈은 곡예단이 되는 거예요. 물론 요즘에는 캐시 사단에 들어가고 싶긴 하지만 거긴 캐시의 선택에 달린 거니까 곡예단부터 들어가고 싶었어요. 그게 잘못은 아니잖아요. 곡예단 실습생도 누구나 꿈꾸는 거예요. 난 그걸 해낸 거라고요."

"근데 왜 숨겼니?"

"아빤 곡예단을 끔찍하게 싫어하니까요."

"왜 싫어하는데?"

피피는 처음 듣는 이야기였다. 아빠가 곡예단을 싫어한다는 것을 피피는 몰랐다. 한 번도 곡예단 이야기를 한 적도 없었다.

"다시 물으마. 넌 왜 곡예단이 되려고 하니?"

"여보, 이건 축하할 일이지 야단칠 일이 아니에요. 쭈니 말대로 누구나 되고 싶은 자리에 우리 쭈니가 간 거라고요."

엄마의 항변에도 아빠는 쭈니를 바라보며 대답을 재촉했다. 그러나 쭈니는 불만이 가득한 눈으로 아빠를 바라볼 뿐 대답은 하지 않았다.

"대중들이 너에게 날려줄 환호와 부러움, 조공처럼 바칠 숱한 음식들. 많은 갈매기들이 보낼 사랑스런 눈빛. 그리고 또 있니?"

쭈니는 아빠를 경멸스런 눈으로 바라보았다.

"아빠는 내가 얻은 성취감을 그런 허접한 것으로 바꾼 거예요."

"널 변명하기 위해 포장한 것이겠지. 진정 성취감을 위한 것이라면 곡예단 말고 혼자 하렴. 네 안에서 맑은 바람 소리가 들릴 게다. 하지만 대중들의 환호를 먹고 사는 곡예단은 네 안의 소리를 들려주지 않아."

"안이든 밖이든 만족하면 되잖아요."

엄마가 다시 쭈니 편을 들고 나섰다.

"대중들은 너의 알량한 능력을 소진시키는 빨대야. 그들이 네게 환희의 에너지를 주는 것 같지만 아니란다. 곡예단은 네 삶을 엄청난 속도로 갈아먹는 기생충이야. 비정상적이고 기괴한 비행을 하다 숨지거나 장애를 갖게 된 갈매기들에 대해 다들 입 다무는 이유가 뭘까. 자신들이 빨아먹고 뱉은 처참한 몰골에 대해 양심의 가책을 느끼고 싶지 않기 때문이야. 불편하니까. 대중들의 놀잇감으로 소진되는 꼴을 내가 어떻게 보겠니. 지도자들이 영웅으로 포장하는 꼴이 눈에 보이는데 그걸 어떻게 말리지 않겠니. 곡예단은 무리를 유지시키기 위한 화려한 소모품이야. 지도자들은 지금처럼 굴러가는 이 시스템에 대안이 없어. 아니, 있지만 그들이 행복해지지 않아. 그래서 무시해. 어른들이 이 문화 공연에 정기적으로 와야 하는 것도 그런 거야. 그러니 계속 희생양을 길러내고 키우는 거야. 캐시 사단? 하나 더 추가된 희생양들일 거다. 너의 성취감을 허접한 것으로 바꾼 건 내가 아니야. 저거야말로 캐시가 자신의 출세를 위해 훈련이란 명분으로 포장한 거야. 캐시야말로……."

아빠가 문득 말을 멈추었다. 그 사이를 비집고 엄마가 아빠를 다그쳤다.

"무슨 그런 말도 안 되는 소리를 애한테 해요? 그럼 우리 애들이 겨우 제 먹이나 사냥하며 빌빌 대고 살아야 한다는 거예요? 우리처럼요?"

순간 엄마의 눈초리가 피피를 향했기 때문에 피피는 저도 모르게 목을 움츠렸다.

"대중의 시선에 널 빼앗기지 마라. 그들은 눈에 보이지 않는 올무란다. 진짜 너는 그들의 눈에 있지 않다. 넌 네 안에 있어."

아빠는 엄마 말을 무시한 채 쭈니를 바라보았다. 피피 역시 쭈니를 보았다. 그러면서 아빠가 쭈니를 설득하지 못했다는 것을 알았다.

'이런 말은 꼰대들이나 하는 거야.'

피피는 쭈니의 눈빛이 하는 말을 읽었다. 피피는 쭈니의 눈빛이 하는 말이 당연할지 모른다고 생각했다. 쭈니는 피피처럼 빌빌대는 갈매기가 아니다.

솔직히 피피도 아빠의 말이 무슨 뜻인지 하나도 알 수 없었다. 그렇다고 "아빠 그 말뜻을 설명해주세요."라고 촉새처럼 나설 분위기가 아니란 것쯤은 피피도 알았다.

피피와 가족들은 무거운 침묵을 그림자처럼 끌고 집으로 돌아왔다. 엄마와 아빠는 만찬을 즐기지 못했는데 저녁 사냥도 하지 않았다. 피피는 입속에 남은 별미의 여운을 다시며 조용히 잠자리에 들었다. 하지만 잠도 침묵 너머에서 기웃거릴 뿐 쉽사리 피피네 가족 곁으로 오지 못했다. 모두들 꼼짝도 하지 않았지만, 서로 잠이 들지 못했다는 걸 온몸으로 알았다.

피피는 잠을 향해 조용히 손짓을 했다. 양 한 마리, 양 두 마리. 그러자 곧 내일 학교에서 자랑질할 거리가 있다는 것이 떠오르고 기분이 좋아졌다. 피피는 오늘 별미를 먹었던 기억과 곡예단 비행을 다시 이야기로 꾸미기 시작했다. 그들은 편대를 이루며 날아왔지. 두둥 두둥. 마치 먼 데서 천둥이 울리듯 그렇게 우리를 향해 날아왔어. 생각해 보니 오늘은 수직 하강에서 속도 조절에 성공도

했다. 어쨌든 오늘은 운이 좋은 날이다. 고급반 무리가 편대를 이루며 다가오듯 잠이 피피를 향해 서서히 다가오기 시작했다.

저녁 무렵 헤븐이 떴다. 언제나 헤븐의 소리는 삐라처럼 무리 위에 불온하게 내려앉았다. 고단한 날개 위로 떨어지는 헤븐의 목소리는 한 번도 환영을 받지 못했다. 모두들 헤븐 무리에 눈길 한 번 주지 않았다.

"작년에 왔던 각설이는 불쌍하기나 하지."

"그러게. 이름은 또 얼마나 거창한지. 지가 무슨 신이라도 된대? 헤븐이 뭐야. 까륵까륵."

그렇잖아도 비 때문에 종일 음산했던 하루였다. 그런데 하루의 마감을 헤븐의 목소리로 한다는 것은 어쩐지 부당했다. 갈매기들은 움츠린 날개를 신경질적으로 몇 번 파닥거렸다.

"나는 것을 연습하고 또 연습하라. 나는 자 속에서 선을 발견할 수 있을 때까지. 그것이 곧 사랑이라."

'1장 8절.'

피피는 저도 모르게 헤븐이 인용한 리빙스턴경의 위치를 중얼거렸다. 그러나 헤븐은 피피의 말을 당연히 들을 수 없었으므로 자기가 하고 싶은 말을 이어갔다.

"이 말을 되새겨야 합니다. 지금 그대들이 나는 것은 선을 발견함이 아니라, 희귀한 음식과 인간의 음식을 도둑질하기 위한 낢이란 것을 명심하세요. 성자께서는 나는 것에서 선을 발견하라 하셨습니다."

피피는 저도 모르게 고개를 들어 헤븐을 바라보았다.

"와- 저것 좀 봐요."

피피는 가슴에 바싹 붙였던 다리를 펴고 고개를 쭉 내밀었다. 피피의 말에 곁에 있던 다른 갈매기들도 고개를 들어 하늘을 보기 시작했다.

캐시의 학생들이었다. 그들은 편대를 짜서 하늘 저쪽에서부터 천천히 날아왔다. 그들은 서로의 날개를 붙인 듯 긴 곡선을 이루며 수평 비행으로 헤븐 무리를 조여왔다. 마치 인간의 그물이 물고기를 모는 듯한 형상이었다. 조용했으나 위엄 있고, 부드러웠으나 단호했다. 그들은 점점 헤븐 무리에 가까이 오면서 곡선을 원형에 가깝게 말아 그 안으로 헤븐 무리를 넣기 시작했다. 헤븐이 좁혀오는 원을 피해 수직 상승을 하자 캐시의 학생들 역시 대열을 흩트리지 않은 채 헤븐을 따라잡았다.

"역시. 캐시의 학생들이다."

땅에서 하늘을 올려다 보던 갈매기 무리들은 넋을 놓았다.

헤븐의 무리는 자연스럽게 캐시의 학생들이 쳐놓은 원보다 아래로 쳐지면서 뿔뿔이 흩어졌다. 그들은 패잔병처럼 음산한 저녁 하늘 속으로 사라졌다. 곧이어 헤븐 역시 어딘가로 사라져 보이지 않았다.

"깍깍깍. 끼루룩."

땅 위의 갈매기들이 일제히 캐시의 학생들에게 환호성을 질렀다. 그러나 캐시의 학생들은 곡예단처럼 마지막 서비스로 공중돌기를 한다던가, 날개를 크게 퍼덕여 대중의 환호에 인사 따위는 하지 않았다. 그들은 왔던 편대를 그대로 유지한 채 묵묵히 하늘가 어딘가로 사라졌다. 한바탕의 꿈처럼 몽롱하고 아련했다.

"와, 진짜 멋지다."

여기저기서 탄성이 터져나왔다. 어린 갈매기들은 갑자기 날개를 푸드덕거려 하늘로 날아올라, 그들이 사라진 뒤를 쫓아가기 시작했다. 피피도 그 대열을 따라 한참 날았지만 캐시의 학생들은 연기처럼 사라지고 없었다.

피피는 쭈니가 캐시를 영웅처럼 떠받드는 이유를 진정으로 이해했다. 그들처럼 정말 멋진 갈매기가 되고 싶은 욕망이 부글부글 끓어올랐다. 드디어 피피에게도 목표가 생겼다.

'나도 고급반에 들어갈 테다.'

초급반에서 유급 당한 신세지만 목표가 정해진 마당이니 기어이 이루고 싶었다. 곧 중급반에 들어갈 것이고, 상급반, 그러면 고급반이다. 갑자기 초급반에서 중급반, 중급반에서 상급반으로 진급하는 일이 바닷가에 떼로 밀려든 멸치를 집어먹는 일처럼 쉽게 느껴졌다. 피피는 성자의 말을 믿는다. '느린 속도일지라도 완전성을 위해 겁내지 않는 자는 어떤 곳이든 갈 수 있다.' 1장 3절. 비록 엄청난 학비를 들여야 하고, 캐시의 엄격한 관리를 받아들여야 한다는 소문이 있지만, 그것 역시 뭔가 한 방이면 다 해결될 것 같았다. 꿈은 이렇게 피어나는구나. 피피는 즐거웠다.

쭈니 역시 어느 날 꿈을 말하더니 요즘 그 꿈을 이루고 있었다.

"보렴. 난 멋진 곡예단에 들어갈 거야. 그들은 많은 갈매기들의 갈채를 한 몸에 받잖아. 그리고 그들에겐 진귀한 먹이들이 늘 쌓여있어. 그들을 존경하는 갈매기들이 바친 거지. 내가 곡예단에 들어가면 우리 가족들도 그런 진귀한 음식을 먹고 남들의 부러움을 살 거야."

쭈니가 아빠 몰래 곡예단 실습생이 된 뒤로 피피 가족들은 가끔 진귀한 음식들을 먹었다. 들쥐와 참새 그리고 말로만 들었던 사막이란 곳에 산다는 개구리와 도마뱀도 먹었다. 쭈니는 상급반 원정 수업에서 잡은 거라고 말했지만, 엄마와 피피는 곡예단 실습 여행에서 잡아온 것이란 걸 알았다. 쭈니가 그런 진귀한 먹이를 잡아올 때마다 엄마는 이웃 갈매기들에게 맘껏 자랑을 할 수 있었다. 당연히 이웃 갈매기들은 피피네 가족을 부러워했다.

"네가 멋진 곡예단이 되면 아빠도 아무 말 못할 거야. 내가 널 응원해 줄 테니 네 꿈을 맘껏 펼쳐 보렴."

엄마는 쭈니를 자랑스러워했다. 피피도 엄마의 자랑이 되고 싶었다. 하지만 뭘로 자랑이 될지 암만 생각해도 정할 수 없었다. 그런데 드디어 엄마의 자랑거리가 되는 방법이 결정이 되었다. 드디어 목표가 생긴 것이다. 캐시 사단이 되자!

'꿈은 이루어져야 맛이잖아.' 피피는 가슴을 쫘악- 폈다. 그때 누군가의 목소리가 피피의 가슴팍을 정면으로 내갈겼다.

"초급부터 상급까지 1, 2등만 한 아이들로 구성된 거래요."

피피는 자신의 포부에 금이 가는 것을 속절없이 지켜보았다. 꿈은…… 다 돼, 돼에에-, 될까? 정말? 갑자기 한껏 부풀었던 거품이

꺼지면서 기분은 음울한 현실로 내동댕이쳐졌다.

겨우 꿈이란 걸 가졌다고 생각했는데, 단 몇 분도 꿀 수 없는 것이라니. '아이들은 꿈을 먹고 자란다'는 말은 옛이야기에 불과했다. 어른들의 세계에서 꾸준히 불어오는 수상하고 절망스런 바람은 어린 갈매기들의 날개를 축축하게 적시곤 했다.

"꺼져. 너랑 나랑은 클래스가 달라."

루이의 경멸스런 눈빛이 꿈이 사라진 허방에서 불쑥 솟아올랐다. 피피는 부끄러움에 다리를 더욱 움츠리다가 그만 한쪽으로 콕 고꾸라지고 말았다.

"너 여자친구 생겼냐? 아님 짝사랑?"

아까부터 심란한 얼굴로 꼼짝 않고 있던 쭈니가 고꾸라진 피피를 한심한 듯 바라보았다.

"꼭 찌질한 것들이 처음 사랑에 빠지면 제풀에 경기를 일으키더라. 그거 되게 매력 없거든."

피피는 차라리 그 편이 낫겠다 싶어 변명을 하지 않았다. 대신에 좀 더 쭈니 가까이 다가가며 속삭였다.

"아까 누군가 하는 얘기 들었어? 캐시 사단이 되는 거. 초급부터 상급까지 1, 2등만 해야 한다고. 그러니 네가 거기에 들어가는 건 따 놓은 당상 아냐?"

"헛소리야."

"왜? 넌 초급부터 내리 1등만 했잖아."

"그냥 아무나 넘보지 말라고 헛소문 퍼뜨리는 거라고. 진짜 자격은 따로 있어."

피피는 쭈니가 말하는 것을 알아들을 수 없었다. 하지만 어쩐지 믿음은 갔다. 그럴 거야. 쭈니가 그런다면 그런 거야. 그건 세상이 무너져도 그런 거야.

피피는 쭈니 곁으로 조금 더 다가섰다. 둘 다 꿈 앞에서 좌절된 동지라는 것을 어렴풋이 알 것 같았다.

"근데, 헤븐은 어떤 갈매기야?"

"몰라. 그냥 떠돌이 또라이야. 어디서 왔다 어디로 가는지도 모르는데 뭘 신경 써."

"하지만 아까 그가 한 말은 좋게 들렸어. 내 맘에 들었거든."

"무능한 몽상가야. 그런 자식 말은 1초도 새기지 마."

피피는 쭈니의 말을 믿었다. 하지만 어쩐지 1초보다 더 많이 생각났다.

"아름다운 말을 하는 것이 몽상가야?"

쭈니가 피피를 옆으로 툭 밀어냈다.

"바보 같은 소리 마. 너처럼 바보 같은 소리로 밥을 먹는 놈들이 란 소리야. 다른 말로 버러지 같은 놈이라고나 할까. 말도 안 되는 말로 밥을 먹는 비양심적인 놈들이니까."

"말이 밥이 돼?"

"궁금하면 해보든지."

"좋겠다. 말만 하면 밥이 나오고."

피피는 말이 밥이 되는 꿈을 꾸었다. 부리를 벌리면 혓바닥에서 전갱이가 나오고 멸치가 나왔다. 인간의 낚싯배에 걸린 오징어나 갈치처럼 피피의 말이 낚싯줄이 되어 물고기들을 줄줄이 낚아 올렸다.

피피는 여느 날보다 일찍 잠에서 깼다. 앞가슴털이 온통 침으로 범벅되었다. 간밤에 그렇게 많은 고기를 포식했는데, 위장은 텅 비어 쓰렸다. 피피는 하늘을 향해 입을 쩍 벌리고, 날개를 푸드덕 거렸다. 말의 낚싯줄은 흔적도 없었다.

'역시 말이 낚싯줄이 될 수 없어. 그래서 쭈니가 몽상가를 싫어 하는구나.'

그래도 피피는 간밤의 황홀함에 미련이 남았다. 피피는 입을 벌려 다시 한 번 혀를 움직여보았다. 고개도 좌우로 흔들어보았다. '어린 갈매기 여러분, 높이 나는 새가 멀리 본다는 말을 명심하세요.'하고 낮게 설교조로 읊조려 보았다. 그러나 횡한 바람 한 줄기만 혀를 감싸다 목구멍으로 쏘옥 넘어갔다. 켁켁. 눈물 한 방울이 눈가에 맺혔다. 눈물방울 사이로 피피는 쭈니의 이상한 행동을 보았다. 피피는 눈을 깜박여 눈물을 떨군 다음 또렷한 눈으로 쭈니를 바라보았다. 쭈니는 옆걸음으로 한 걸음씩 조심스럽게 움직이고 있었다.

'뭐야. 이제 게가 되는 훈련도 하는 거야?'

피피의 이런 생각을 읽었는지 쭈니가 고개를 좌우로 흔들었다.

'그럼 뭐?'

갑자기 쭈니의 눈빛이 험악해지며 '입 다물어 이 몽상가야.' 하는 무언의 신호가 날아왔다.

"난 몽상가가 아니야."

라고 소리치고 싶은 걸 간신히 참았다. 피피는 눈치 빠른 갈매기다. 지금 쭈니는 아무도 모르게 어딘가로 이동하는 중이다.

'뭐야? 너야말로 사랑에 빠진 거야? 새벽부터 여자친구 곁으로

그렇게 슬그머니 다가가고 싶어 안달이 난 거야?'

피피는 쭈니의 마음을 안다는 듯이 고개를 한 번 흔들어주며 잘해보라는 눈빛을 보냈다. 그러면서 어쩐지 쭈니의 사랑에 처음으로 동참하고 비밀을 지켜준다는 뿌듯함이 밀려왔다. 피피는 공연히 목덜미가 간지러워 두 발을 꼼지락거렸다. 그 사이 쭈니는 단잠에 빠진 무리의 경계선 가까이에 다다랐다. 그리고는 뒤도 돌아보지 않고 훌쩍 새벽 하늘로 날아올랐다.

'뭐야. 이렇게 첫 새벽부터 비행 데이트야?'

피피는 다시 말이 밥이 되던 꿈속으로 돌아가고 싶어 부리를 가슴으로 밀착시켰다. 그러나 밥은커녕 한 번 깬 잠도 돌아오지 않았다. 피피도 날개를 푸드덕거리며 곧 날 준비를 했다. 다른 갈매기들도 서서히 잠에서 깨어나 여기저기 날갯짓 소리가 요란해지기 시작했다. 피피는 앞가슴털을 바닷물에 슬쩍슬쩍 튕기며 날았다가 바다 위에서 뒹굴며 몸을 씻었다. 간밤의 허망한 꿈을 말끔하게 씻어내니 기분이 맑아졌다.

"우리 잠꾸러기가 웬일이니."

아빠가 피피에게 물을 슬쩍 튕기며 인사했다. 아침 햇살이 하늘과 바다를 주황빛으로 물들였다. 어깨와 첫째날개깃 그리고 꼬리를 타고 도는 바람에 기분이 더 상쾌해졌다. 놀기에 딱 좋은 날이었다.

"굿모닝 대디. 오늘은 제가 아침으로 청어 한 마리를 선물하고 싶어요."

"고맙다. 학교에 늦지 않으려면 분발해야겠는데?"

'쳇, 언제나 내 맘속에 들어와 있는 거 같다니까.'

"오늘은 인간의 횟집 앞에서 해결할까요?"

"아들아, 아침엔 횟집이 한가하단다. 청어는 포기했니?"

"그냥 농담으로 해본 소리에요. 청어든 뭐든 선물은 신선한 게 좋지요. 끼루룩."

피피는 좀 더 높이 날아 바닷물을 살폈다. 그리고 밀물이 서서히 밀려오기 시작하는 바닷가 쪽으로 방향을 잡았다.

"청어는 그쪽에 없는데."

아빠가 놀리듯 피피의 뒤에 대고 외쳤다.

"알아요, 아빠. 하지만 더 좋은 생각이 난 걸요."

피피는 이때쯤 조수 웅덩이에 작은 물고기들과 밀물에 밀려오는 물고기들이 많다는 걸 안다. 이미 어린 갈매기들이 종종 걸음으로 갯벌에서 아침 식사를 하고 있었다. 아빠도 피피의 뒤를 따라 갯벌에 내려앉았다.

"오늘은 청어보다는 숭어가 어울려요, 아빠."

피피는 숭어를 부리로 낼름 잡아올려 아빠에게 내밀었다.

"숭어는 받았다 치고 청어는 다음을 기약하마."

"아빠, 그건 공정하지 못해요. 두 번 받는 거잖아요."

아빠는 벌써 망둑어 한 마리를 목으로 넘기는 중이었다.

"챙피하게 벌써 조수 웅덩이에서 아침을 해결하면 어떻게 해요. 봐요, 죄다 어린 것들이나 늙은 갈매기들뿐이잖아요."

언제 왔는지 엄마가 물이 밀려드는 모래밭에 발을 담근 채 아빠를 향해 눈총을 주었다. 그러더니 피피를 바라보았다.

"쭈니가 안 보이는데. 쭈니 못 봤니?"

"아침 일찍 붉은 벼랑 쪽으로 날아갔어요."

피피는 쭈니가 데이트 갔을지 모른다는 말은 하지 않기로 했다. 그건 비밀로 남겨두어야 가치 있는 일이라고 생각했다.

"상급반 원정 교육 있는 날이 아닌데……."

엄마는 잠시 생각하는 듯 하더니 이내 짐작 가는 일이 있다는 듯 조수 웅덩이를 살펴보기 시작했다.

"인사도 없이…… 새벽부터?"

잠시 아빠가 고개를 갸웃했지만, 엄마 아빠는 쭈니 때문에 오래
걱정한 적이 별로 없었다. 쭈니는 어딜 가든, 무얼 하든 늘 믿음직
했다. 피피도 쭈니를 믿었다.

그 날 쭈니는 돌아오지 않았다.
"며칠 묵는 일인데, 우리한테 말했겠지요. 아마 우리가 듣지 못
한 거 같아요."
엄마는 짚이는 데가 있었으므로 기다리자 했다. 하지만 아빠는
밤새 하늘가를 서성이며 날았다. 그러더니 새벽, 아직 아침 단잠
을 깨지 못한 무리들 사이로 돌아와 상급반 아이들을 하나씩 찾아
다니기 시작했다. 상급반 누구도 원정 교육에 나가지 않았고, 원
정 교육이 있지도 않았다는 것을 확인한 아빠는 거의 초주검이 되
어 돌아왔다.
아빠의 불안은 피피에게 전염되었다. 뭔지 모르지만 불길했다.
아빠가 이처럼 안절부절못하는 것을 본 적이 없었다. 그건 아빠
나름대로 뭔가 짚이는 게 있기 때문일 것이다.
"혹시 쭈니가 곡예단 실습 비행 간 거 아닌가요. 거기 그만 두지
않았어요?"

아빠가 엄마를 다그쳤다.

"솔직히 나도 몰라요. 하지만 곡예단 실습생을 그만 두지 않은 건 사실이에요. 당신이 그렇게 애를 다그치니까 몰래 간 거겠지요. 걱정 말아요. 한두 번 간 것도 아닌데"

"한두 번? 도대체……."

"남들은 거기에 끼지 못해서 안달이에요. 오히려 자랑스러워 할 일을 당신이 죄인처럼 다그치니 앤들 마음 편하겠어요? 자기 하고 싶은 일을 못하게 하는데."

"곡예단 실습생에서 곡예단까지 되는데 몇이나 성공했다고 생각해요? 실패자라는 낙인 때문에 아무도 나서지 않지만, 실습생에서 곡예단까지 되는데 5프로도 안 돼요. 나머지는 다 소모품으로 이용만 당한다는 걸 왜 몰라요."

"그 5프로 안에 들면 되겠네요."

엄마 역시 아빠의 다그침에 맞섰다.

"쭈니를 그렇게 무시하고 기를 팍팍 죽여야 속이 시원해요? 원래 최고는 소수의 몫이에요. 성공률이 낮다고 지레 포기하는 건 바보죠."

"그 곡예단 역시 대중의 소모품이니 하는 소리예요. 츳. 다들 화려함에만 속아서는……."

'자신의 무능을 포장하는 방법도 참 가지가지야. 소모품 같은 소리 하고 있네. 멋지게 잘만 살더만.'

엄마는 아빠에게 등을 돌리고 혼자서 중얼거렸다.

"기다려봐요. 하루 이틀 새에 올테니."

엄마가 화가 난 듯 파다닥 날갯짓을 하고는 날아가버렸다.

쭈니가 없는 날은 뭘 해도 즐겁지 않았다. 다른 때 같으면 새로운 탐험물을 기다리는 기대감 때문에 더디 갔지만, 이번은 어쩐지 달랐다. 하필 아무에게 말도 않고 몰래 간 것도 마음에 걸렸다. 하루 이틀 새 올 거라던 엄마의 예상과 달리 쭈니는 나흘이 지나도 돌아오지 않았다. 아빠는 소문을 따라, 정보를 따라 매일 어딘가로 갔다 돌아오곤 했다. 그 사이 몇몇 부모들이 들썩이기 시작했다. 실습생 부모들은 자연스레 한 자리에 모이기 시작했다.

"사실, 이번 비행은 비밀 유지 맹세를 한 거예요. 우리 아이가 나에게만 살짝 말했어요. 하지만 사흘 일정이라고 했어요. 근데 벌써 나흘이 흘렀고, 오늘도 저물어가요."

"이번에는 곡예단과 함께 가는 비행이라고 했어요."

"그래서 강도가 높은 훈련이 될 거라고도 했지요."

"사막에서 네 발로 나는 도마뱀을 잡는다고 했어요."

"불로장생이라고 알려진 그거요? 그게 정말 있대요?"

"있어요. 우리 아이가 봤대요. 그게 암암리에 지도자 무리 사이에서 거래된대요."

"나도 들었어요. 그거 한 마리 잡으면 평생 떵떵거리며 산대요. 실습생 딱지도 바로 떼고 곡예단에 발탁될 정도래요."

쭈니만 성실하게 비밀 유지를 지켰던 걸까. 여기저기서 이번 비행에 대한 이야기들이 흘러나왔다.

"당신이 반대하니까 우리 쭈니만 입을 다물었던 거예요."

그 와중에 한 마디도 보탤 수 없는 엄마가 아빠에게 화풀이를 했다. 그러자 모였던 실습생 가족들이 일제히 아빠를 바라보았다.

"곡예단을 반대했단 말이에요? 세상에."

"내 평생 꿈이었어요. 난 우리 아이가 그 꿈을 이루어주길 바랬어요."

"난 거기에 보내려고 암암리에 과외도 시켰어요. 아마 여기 모인 갈매기들 대부분이 그랬을 걸요."

"캐시가 최고래요. 좀 비싸긴 하지만."

"좀이 아니죠. 많이 비싸죠."

이야기는 엉뚱한 방향으로 흘렀다. 과외 선생에 대한 정보부터 비행술을 향상시키기 위한 온갖 음식과 비방들이 나왔다.

"우린 그저 학교만 충실히 다녔어요."

갑자기 엄마가 자랑스런 목소리로 외쳤다. 그러자 다른 부모들이 일제히 '설마' '무슨 꼼수가 있었겠지.'하는 눈빛으로 엄마를 바라보았다.

그러나 엄마의 자랑은 오래 유지되지 못했다. 어쩌면 피피가 자랑질 할 때만 되면 꼭 다른 일이 벌어지는 것이 엄마를 닮았기 때문인지 모른다.

"저기 봐요."

엄마를 바라보았던 의혹에 찬 눈들이 일제히 해가 지는 서쪽 하늘을 바라보았다. 한 무리의 갈매기가 지는 해를 등에 지고 날아오는 게 보였다. 빛을 등진 그들은 검고, 음울하고, 장중하고, 지쳐보였다.

아빠가 제일 먼저 그들을 향해 날아갔다. 그러나 어디서 날아왔는지, 서너 마리의 갈매기가 아빠를 가로막았다.

"자, 여러분 여기를 주목해주세요."

지도자가 무리를 향해 소리쳤다. 그 사이 곡예단과 실습생들이 머리 위 허공에서 대형을 이루며 날았다.

"우리에게 매우 거룩한 일이 일어났다는 것을 알려드리게 되어 무척 기쁩니다."

지도자는 엄숙한 목소리로 무리들이 자기를 온전히 바라보고 집중할 때를 기다렸다.

"여러분도 아시다시피, 곡예단이 우리 무리에서 얼마나 훌륭한 갈매기인지 알 것입니다. 곡예단이 있기에 다른 어떤 무리도 우리 무리를 따라올 수 없을 겁니다. 우리 무리는 그들로 인해 품격이 더욱 높아졌습니다."

지도자는 곡예단이 얼마나 훌륭한지, 그들이 우리 집단을 얼마나 명예롭게 하는지 구구절절 이야기를 했다. 긴 이야기에 피곤에 지친 갈매기들이 조금씩 꾸벅거릴 무렵, 지도자는 이번 비행을 이끌었던 곡예 단장을 소개했다. 단장 역시 서두에 곡예 단원들의 기량과 고난도의 훈련 과정 등을 장황하게 설명했다.

"우리 무리 중에서도 가장 탁월한 곡예 단원 중 하나였던 쭈니와……."

피피는 단장의 장황한 자랑질에 점점 심드렁한 자세로 무너지다가 고개를 바짝 세웠다. 아까부터 하늘을 올려다 보며 곡예단

대형만 뚫어지게 쳐다보던 아빠와 엄마 역시 곡예 단장을 향해 고개를 돌렸다. 피피는 쭈니가 언제 곡예 단원으로 승급했던가 기억을 더듬었다.

"크라운은 급기야 완벽한 비행에 이르러, 우리 무리가 지켜보는 가운데 투명하게 사라졌습니다. 이 완벽한 기적이 바로 우리 눈앞에서 일어난 것입니다. 이 영광스런 순간은 조나단 성자 이후 우리 무리가 뼈를 깎는 비행 연습과 완벽을 향해 노력했던 결과이며 성스러운 축복입니다."

순간 여기저기서 깍깍하는 환호와 성스런 감탄사인 '아끼끼'하는 소리들이 터져나왔다. 단장의 머리 위를 비행하던 실습생과 곡예단은 마치 축포처럼 대형을 이루며 수직 비행으로 무리의 환호에 응답했다.

피피 역시 흥분한 마음을 주체할 수 없어 축포처럼 퍼지는 곡예단 대열에 합류하고 싶어 날개가 근질거렸다.

이웃의 몇몇 갈매기는 피피네 가족을 부러운 듯 바라보았다. 그들은 눈으로, 작은 날갯짓으로 영광의 인사를 보냈다.

그러나 아빠는 그들의 인사를 받는 둥 마는 둥 고개만 겨우 까닥였다. 피피는 아빠의 거만함이 우스웠다. 좀 전까지만 해도 엄마를 다그치며 실습생을 그만두지 못하게 한 것을 비난하지 않았던가. 심지어 '아끼끼'하는 성스러운 감탄사조차 하지 않았다. 그러더니 감당할 수 없는 영광이었던지 몸을 부르르 떨고는 무너질 듯 비틀거렸다. 아빠는 쓰러질 듯한 몸을 겨우 세우더니 지도자를 향해 소리를 질렀다.

"그 영광스런 순간에 대해 쭈니와 같은 실습생들의 이야기를 직접 듣고 싶소."

무리 중 일부가 아빠의 말에 환호했다. 그들은 신성한 그 이야기를 더 듣고 싶어 안달했다.

"먼저 영광의 가족께 경하와 치하를 보냅니다. 저 역시 그러고 싶습니다. 하지만 그들은 고된 훈련과 기적을 목격한 흥분을 진정하기 위해 휴식을 가져야 합니다. 따라서 아직 누구 앞에서 말할 정도가 못 됩니다. 그 일은 천천히 시간을 내보겠습니다."

그 말과 동시에 곡예단 중 몇 마리가 무리의 비행 대열을 끌고 어디론가 사라졌다.

"아니요. 잠깐만요. 한마디만, 정말 한마디만 실습생으로부터 듣고 싶은 이야기가 있어요."

아빠가 곡예단을 향해 소리쳤다. 순간 피피는 뭔가 불길한 생각이 들었다.

하지만 크라운 가족이 열에 들떠 다시 아빠의 말을 받는 것을 보고, 혼란스러웠다.

"아끼끼, 아끼끼! 그 영광을 함께 나누고 지켜보았을 실습생들의 이야기를 듣게 해주세요."

피피는 아빠와 크라운 가족이 서로 다른 생각으로 떨고 있다는 것을 알았다.

그러나 아빠의 부탁도 크라운 가족의 열렬한 요청도 허공에 흩어졌다. 실습생들은 이미 어두워진 하늘가로 사라져버렸다. 갈매기 무리는 목소리를 낮추어 기적에 대한 이야기와 조나단 성자의 이야기를 좀 더 하다가 이내 피곤에 겨워 잠이 들었다. 그러나 피피도 아빠도 엄마도 쉽게 잠을 잘 수 없었다. 누구보다 성자의 투명한 사라짐을 사랑했던, 영광이며 성스러운 그 일이 이토록 피피를 무겁고 모호하며 불안하게 할 줄 상상도 못했다. 크라운 가족과 아빠의 서로 다른 태도가 이해 불가의 불안을 더 부추겼다. 투명한 사라짐에 깊고 짙은 그림자라니. 투명한 것은 짙은 그림자를 가질 수 없다. 그러나 피피는 어둡고 커다란 그림자를 느꼈다. 보지 못했으니 물을 수 없으나 느꼈고, 폐부 깊숙이 커다란 웅덩이로 자리 잡았다. 그것은 묻고, 또 물어 세상으로 흐르게 할 수 없으므로 곧 썩을 것이란 걸 막연히 알았다. 썩은 독소가 피피에게 커다란 내상을 입힐 것이란 것도 막연히 알았다.

밤은 안개처럼 무리를 감쌌다. 그러나 불면은 독처럼 자라 상념을 키우고, 걱정을 키우고, 뼈저린 후회를 키웠다. 며칠 전 아침, 옆걸음으로 조심조심 무리에서 빠져나가던 쭈니의 모습이 마지막이었다는 게 아쉽고, 아쉬웠다. 그때 엄마, 아빠를 깨우지 않은 멍청함이 이안류 파도처럼 피피를 집어삼켰다.

쭈니는 정말 성자가 되었을까. 자신이 성자가 될 줄도 모르고 마치 도둑 연애를 하러 가는 것처럼 그렇게 조심스럽게 빠져나갔을까. 조금치의 예감도 없었을까. 자신에게 마지막 인사라도 할 별다른 느낌만이라도……

다음날, 헤븐의 허황한 목소리가 퍼지던 시간과 정반대의 시간에, 즉 아침 햇살이 퍼지기 전에 신념에 가득 찬 지도자의 목소리가 울려 퍼졌다.

"……여행에 대한 완전한 극치를 경멸하는 자는 아무 곳에도 가지 못한다는 말을 기억하시오."

피피는 그 소리에 자동으로 "1장 2절"이라고 중얼거리며 잠에서 깼다.

"우리의 날개엔 한계가 없습니다. 때로 절망과 탄식이 우리를 찾아오긴 하지만 그건 비겁했던 과거의 망령에 지나지 않습니다. 우린 제한된 육체에 갇혀 있는 가련한 존재가 아니란 걸 기적을 통해 증명했습니다."

지도자의 목소리는 확신에 찼고 아침잠의 소소함 따위는 잊어도 된다는 열의가 넘쳤다. 피피는 지도자가 인용한 경전을 읊었다.

"생각하는 곳으로 이동하는 비결은 먼저 스스로가 극히 제한된 육체에 갇혀 있는 가련한 존재라고 생각하는 일을 중단해야 한다. 1장 5절."

"피피, 제발 그 입 좀 다물어라."

아빠가 숙인 고개를 들지도 않고 웅얼거렸다.

"무한히 열려 있는 세계를 접하지 못한 것은 그 무한한 세계의 잘못이 아니라, 각 개인의 무능과 좌절 때문이란 것이 여실히 증명된 날이었습니다. 이제 그 기적을 이룬 가족을 소개하겠습니다. 어제는 밤이 늦어 미처 하지 못한 것을 용서하십시오. 자, 쭈니의 가족과 크라운 가족, 제 옆으로 오세요."

미처 지도자의 말이 떨어지기도 전에 건장한 갈매기가 아빠와 엄마를 부리로 건드렸다. 크라운 가족들은 가슴을 활짝 펴고 무리의 머리 위를 자랑스럽게 날았다. 하지만 아빠는 마지못한 듯 꽁지를 축 늘어뜨리고 푸드덕거리며 날아올랐고, 아빠 눈치를 보던 엄마 역시 불안한 눈빛을 감추고 지도자 옆으로 날아갔다.

"여러분 이 분들이 바로 기적의 가족입니다."

갈매기들은 아침잠에 잠겼던 목소리로 아끼끼, 아끼끼를 연신 외쳤다.

"어젯밤 여러분께 전해드린 쭈니와 크라운의 승천을 기념하기 위해 곡예단과 그 실습생들이 싱싱한 아침을 준비했습니다. 우리는 그 축복을 조금이나마 나누고, 이 날을 영원히 기려 우리의 무한 능력을 입증하는 기념일로 삼고자 합니다. 저는 이 무한한 기쁨과 숭고함을 여러분께 전달할 수 있어 감사하고 영광스럽게 생각합니다."

지도자의 말이 끝남과 동시에 곡예단과 실습생들이 바다에서 갓 잡아 올린 싱싱한 물고기를 무리의 머리 위에 쏟았다. 하늘에서 음식이 축복처럼 쏟아졌다. 그들은 엄청난 먹이를 쏟아놓고 약

속이나 한 듯 순식간에 사라졌다.

갈매기들은 목소리를 높여 아끼끼, 아끼끼 탄성을 지르고, 날개를 퍼덕이며 격한 환영과 성스러움에 경배를 보냈다.

"맘껏 드십시오. 우리 크라운을 축하해주세요."

크라운 가족 중 하나가 무리 위에서 흥분된 목소리로 외쳤다. 그들은 자신의 자식이 성자처럼 비행 중 사라졌다는 사실, 즉 살아서 천국에 들어갔다는 영광을 맘껏 즐겼다. 피피 역시 자부심을 갖고 친구들과 무리 앞에서 맘껏 가슴을 펴고 잘난 체 좀 하고 싶었다. 자신의 실력으론 언감생심, 꿈에도 생각지 못할 기회였다. 그러나 언제나 그렇듯 자랑질 할 타이밍에 꼭 누군가의 불운이 오거나 누군가의 일취월장이 따라붙었다. 이번엔 아빠의 뜻 모를 진중함과 무거움 그리고 피피의 불면 속에서 자란 깊은 웅덩이의 검은 입김이 피피의 자랑질을 가라앉히는 닻이 되었다. 피피네 가족은 무리가 먹이에 환호성을 지르며 정신없이 우왕좌왕할 때 조용히 바닷가로 내려앉았다.

마치 한바탕 꿈인 듯 했다. 환영과 축하의 날갯짓은 잠잠해졌고, 피피네 가족은 무리 한쪽 귀퉁이에서 화석처럼 조용히 앉아 있었다. 옆에서 푸드덕거리고, 파닥거려도 피피네 가족은 날개 끝 하나 펼치지 않았다. 부리를 가슴털 깊이 묻고 조용했다.

그렇게 얼마나 시간이 흘렀는지 피피는 몰랐다. 가끔 이웃이 물고기 몇 마리를 떨궈주고 갔지만, 그것은 비루한 늙은이 몇이 멈칫거리며 채갔다. 사실 피피네 가족 누구도 먹을 의욕이 없었다.

며칠이 지나고, 더 이상 배고픔을 참지 못한 피피가 물고기 몇 마리를 잡아 돌아왔다. 그러나 그것마저 아빠와 엄마는 먹지 않았다.

"이보게, 번개. 그만 털고 일어나."

위장에 아무것도 넣지 않은 지 한참이 지난 어느 날, 모두들 아침 식사를 하러 떠났을 때 갈매기 한 마리가 찾아왔다. 피피가 처음 보는 갈매기였다. 그는 도둑처럼 소리 없이 날아와 조용히 날개를 접었다. 그리고 마치 속삭이듯, 그러나 절박하게 아빠 옆에 와서 속삭였다. 아빠가 고개를 들어 찾아온 갈매기를 보았다.

"자네가 어쩐 일인가."

"지금 지도자들의 움직임이 수상해. 자넬 우울증 환자로 지목하려는 것 같단 말일세."

피피는 그 말을 이해할 수 없었다. 우울증이란 말도 처음 들었다. 그러나 그 말에 화들짝 놀란 것은 아빠가 아니라, 엄마였다.

"난 단지 조금 뛰어난 자식을 원했을 뿐이에요. 그래서 부와 명예를 줄 자식을 원했어요. 그런데 성자처럼 위대한…… 인사도 없이 갑자기 내 곁을 떠난 자식을……. 영영 볼 수 없는 엄마 맘을 이해해 주면 안 돼요? 그 자식은 성자가 되었는지 모르지만, 난 그저 평범한 엄마라고요. 난 성모가 아니에요. 내 자식을 볼 수 없는 것이 슬픈 못난 엄마라고요. 그 성스러움, 그 영광보다 자식을 볼 수 없는 마음이 더 아린다고요."

피피는 엄마의 절규를 들으면서 자기 안에 새로 생긴 웅덩이가 뭔지 알았다.

"지도자들은 자네 가족을 힐링 센터로 보내겠다고 의논하는 것 같단 말일세."

손님은 엄마 말은 무시하고 다시 아빠를 향해 단호하게 속삭였다.

"힐링 센터요? 그곳이야말로 내가 필요한 곳이군요. 난 정말이지 쉬고 싶어요. 사라진 자식을 맘껏 그리워할 곳이 필요하다고요. 이왕이면 그 힐링 센터가 천국 옆에 있었으면 좋겠군요."

엄마는 울부짖듯 손님을 향해 외쳤다. 그러나 손님 갈매기는 급하게 좌우를 둘러보며 날개로 엄마 목소리를 막았다.

"우리 무리에서 가장 신경 쓰며 단속하는 것이 바로 우울증이란 건 누구보다 자네가 잘 알잖아. 지금 자네가 그 대상에 오르내리고 있다고. 그건 무서운 전염병이니까. 크라운 가족을 봐. 맘껏 영광을 즐기잖나. 자네도 그리 해야 한다는 걸 알잖나. 날아, 그리고 먹어."

"고맙네만……."

"여태 자네가 자신을 위장했던 것처럼 하라고. 다른 갈매기는 다 속여도 난 못 속여. 자넨 우리에게서 떨어져 나오려고 무능과 겁쟁이로 위장했잖아. 그렇게 해. 이게 나의 마지막 우정이네."

손님은 왔던 것처럼 조용히 날아가버렸다.

번개는 구의 별명이었다. 아빠의 아빠, 피피의 할아버지는 아빠의 이름을 그냥 갈매기라고 지었다. 하지만 할머니는 그것이 맘에 들지 않았다. 갈매기의 이름이 갈매기라니. 그래서 할머니는 할아버지와 타협해서 '구(鷗)'로 불렀다. 구는 학교에 들어가면서 번개라는 별명을 얻었다. 그 후로 모든 갈매기들이 구를 번개로 불렀다.

"빠르고 정확한 것에 나를 따라올 자가 없었기 때문이지."

아빠의 비행 실력은 곡예단까지 가는 순풍과 같았다.

"하지만 시련이 없는 삶은 재미없단다. 삶을 통찰할 수 있는 갈매기가 되려면 시련은 꼭 필요하지."

아빠는 담담하게 피피를 바라보았다. 우쭐거림도 잘난 체도 혹은 절망도 없었다.

"곡예단 단장이 되는 길은 한 갈래가 아니더구나."

구와 라이벌이었던 페리는 여러모로 구와 달랐다. 그는 자신만의 팬클럽을 만들었다. 그는 그들을 곡예단이 될 수 있도록 개별지도를 해주었고, 훈련을 명분으로 먼 곳까지 가서 온갖 희귀한음식과 약재를 구해오게 했다. 그것은 지도자 무리를 기쁘게 했다. 그러나 훈련을 위해 많은 대가를 치르기도 했는데, 온갖 사고와 음모였다. 페리의 이런 팬클럽 활동은 오늘날 과외와 곡예단실습생의 뿌리였다.

구는 개인의 목적을 위해 어린 팬심을 이용하는 것이라고 페리의 행동을 비판했다. 곡예단의 목적은 한계 없는 비행을 대중들에게 일깨우기 위한 것이지, 개인의 인기와 영달을 위한 게 아니라는 원칙을 내세웠다.

페리는 구의 이런 비판을 곡예단 단장이 되기 위한 개인적 음해 공작이라며 맞받아쳤다. 본의 아니게 곡예 단원들은 두 패로 나뉘었다. 그러나 그것은 애초부터 균형을 이룰 수 있는 게 아니었다. 페리에겐 팬클럽이 있었다. 그들은 갖가지 방법으로 구의 비행을 방해하고, 소문을 퍼트렸다.

"우리는 자네의 신실함과 능력을 존중하네. 하지만 무리에서 말썽을 피우는 것은 용납할 수 없어. 자중하게. 만약……. 더 말하지 않겠네. 이미 자네도 알테니까."

어느 날 지도자가 구에게 엄중하게 경고를 했다. 구는 이해할 수 없었다. 신실한데, 말썽을 부리는 것은 무엇인가? 능력을 존중하면서 곧 떠나라고 할 듯 위협하는 것은 무엇인가.

구는 요령부득한 지도자의 경고를 듣고, 오랫동안 생각했다. 그리고 우연히 한밤중에 벌어진 지도자 무리의 모임을 보고 모든 것을 깨달았다. 페리와 그 팬클럽 그리고 지도자 무리가 어우러진 즐거운 만찬자리였다.

구는 그 날 이후, 갑자기 나는 일이 두려워졌다는 핑계를 대고 곡예 비행을 거부했다.

"당연히 난 곡예단에서 쫓겨났단다."

여태 말없이 듣고 있던 엄마가 한숨을 쉬었다.

"나한테까지 그 속사정을 말하지 않았다니, 놀랍네요."

"난 어떤 타협도 할 생각이 없었고, 철저하게 바보이며 겁쟁이여야 했어. 그래야만 난 다시 평범해지니까."

"평범요? 솔직히 찌질했지요. 난 곡예단의 멋진 능력자인 당신과 결혼한 거였어요. 그런데 하루아침에 당신의 삶은 패배자 그 자체였어요. 그러면서 내게 그런 사정은 한마디도 하지 않았군요."

"아니까 말하지 않은 거요. 내가 곡예단의 문제점을 파헤치면 나뿐만 아니라, 당신도 힐링 센터로 갔을 테니까. 그들은 물불 가리지 않을 것들이오. 난 그런 오물 구덩이에서 살고 싶지 않았어요. 그러니 패배한 게 아니라, 진정한 삶을 선택한 거요."

"힐링 센터가 왜요? 거기 가면 공식적으로 쉴 수 있는 곳 아닌가요?"

"여보 거긴 이름만 힐링이오. 거긴 정신 병동과 같아요. 무리의 입맛에 맞는 갈매기가 될 때까지 쉼 없이 교육을 받아야 하오."

엄마가 설마 하는 눈으로 아빠를 바라보았다. 믿을 수 없었지만 대꾸할 말도 없었다.

"쭈니에게라도 말해주던가요. 너무 능력을 발휘하지 말라고, 사라지는 지경까지 가지 말라고. 성자 반열에 오르면 뭐 해요. 내 자식이 아닌 걸."

엄마가 울분에 차서 소리를 질렀다.

"이미 말했소. 쭈니는……."

아빠는 말을 삼켰다.

"우리는 이제 먹이 사냥을 나서야 해요. 어쩔 수 없는 일이오."

"싸워서 쟁취하지 못했으니 따라야지요. 비굴하게요."

엄마가 날개를 푸드덕거리며 휙 날아갔다.

"난 어제 아침과 저녁 두 번이나 사냥했어요. 그러니 난 여기 있을래요."

피피는 조그만 소리로 말했다. 뭔지 모를 슬픔이 납덩이처럼 모이주머니를 가득 채웠다. 한꺼번에 쏟아진 많은 것은 배출되지 못한 펠릿처럼 피피의 모래주머니에 그득 쌓여 묵직한 통증이 느껴졌다. 피피는 펠릿을 뱉으려고 연신 큭큭거렸다. 그러나 말의 펠릿은 형체 없는 가시였다.

피피는 부리를 가슴에 묻고, 두 다리는 뱃살에 푹 파묻은 채 눈을 감고 꿈쩍도 하지 않았다. 가끔 발작처럼 펠릿을 뱉으려고 큭큭거릴 뿐이었다. 피피는 엄마와 아빠가 먹이 사냥을 다녀온 뒤의 상큼한 비린내를 맡았다. 그들에게서 짭쪼름한 바다 향기를 느꼈다. 그러나 눈을 뜨고 그들을 보지는 않았다.

어느덧 한쪽 뺨으로 저녁 햇살의 부드러운 따스함이 느껴졌다. 감은 눈으로 스며드는 부드러운 오렌지빛 햇살이 마음을 어루만져주었다. 켁켁. 여전히 말의 펠릿은 나오지 않았다.

"피피, 아빠랑 산책 좀 할까?"

피피는 저녁 햇살을 막아선 아빠를 원망스런 눈으로 바라보았다.

"시늉이라도 해. 너도 보내지기 전에."

퉁명스런 엄마 말에 피피는 날개를 폈다. 붉은 하늘을 향해 나니 기분이 조금 나아졌다.

"아빠는 왜 그들과 싸우지 않았어요?"

"아빠는 힘이 없었지. 너희에게 부끄럽다. 하지만 얘야, 지금은 조나단 성자가 살던 시대와 다르단다. 그 때는 금기의 시대였지. 하지 말란 게 많았어. 그러니 싸우고, 혁명해서 쟁취할 게 있었단다. 하지만 지금은 금기의 시대가 아니야. 모든 게 허용되고, 모든 걸 해야 하는 시대지. 모든 게 허용돼. 그러니 무엇과 싸워야 할지

모른단다. 하지만 허용은, 해야 하는 '강제'며 조용하고 은밀하단
다. 눈에 보이지 않아. 난 보이지 않는 적과 싸울 지혜와 힘이 없
었단다. 내가 쭈니를 설득하지 못한 것도 그 때문이야. 쭈니는 내
가 무능해서 그들에게 패배했다고 생각했어."

"힐링 센터가 그렇게 무서운 곳인가요?"

"딱 한 번 가봤단다. 실은 곡예단 단장 경쟁에서 밀려날 때 나는
그 센터 관리자가 될 뻔 했단다. 하지만 거길 가보고 난 바보가 되
기로 결정한 거야."

오래 전 인간이 버린 구조물이 있었다. 누구는 인간이 별을 관
측하던 곳이라고도 하고 또 누구는 바람과 구름을 관측하던 곳이
라고 했다. 하지만 언제부터인지 그곳은 갈매기들의 세상이 되었
다. 인간 세상과 너무 먼 곳이라 삶의 터전으로 삼기는 부적절했
다. 대신 사회에서 격리시키고 싶은 갈매기들을 살게 하기엔 적합
했다. 우울증을 전염시키는 자, 지도자를 위협하는 자가 그곳에서
격리된 삶을 살았다.

"갈매기의 본질은 나는 것이고, 나는 것은 바로 자유잖아요. 어
떻게 그럴 수 있어요?"

"곡예단 출신 은퇴자들이 그들의 울타리이면서, 쉼터지. 은퇴자

의 마지막 영광과 후원을 그들이 해줄 테니까."

"알 것도 같고, 모를 것도 같아요."

"뭘 말이냐."

"오늘 아빠가 하신 많은 말들이요."

"실은 아빠도 그렇단다. 하지만 이것 한 가지만 놓치지 마렴. 난다는 것의 의미 말이야."

"1장 6절에 나오는, 날기 위해 믿음은 필요 없다. 다만 난다는 것의 의미를 이해하면 된다, 이 말씀 말인가요?"

"아까 네가 얘기했지. 난다는 것은 우리의 본질이고 자유라고. 그 자유를 잘 생각해 보렴. 무엇으로부터 자유인가를."

피피는 어둑해지는 하늘을 가만 바라보았다. 오렌지빛으로 물들던 바다도 어느새 검게 변하기 시작했다.

"나도 과외를 받아야 하는 걸까요?"

"무슨 과외 말이냐?"

"다른 갈매기들이 하는 소릴 들었어요. 과외를 하지 않아도 곡예단이나 고급반까지 갈 수는 있다. 하지만 결정적인 순간에 목숨을 부지하는 것은 역시 과외의 힘이다, 라고요."

"그런 말들이 바로 네가 앞으로 싸워야 할 보이지 않는 적이란다."

"난 잘 모르겠어요. 말과 어떻게 싸워요. 실은 아까부터 아빠 말이 내 모래주머니에서 딱딱한 펠릿으로 굴러다니지만 뱉을 수 없어서 괴로운 걸요…… 쭈니는 죽은 걸까요? 아, 그래요. 그런 말로 놀리는 루이나 펑과는 얼마든지 싸울 수 있네요."

"루이나 펑과 자주 싸우냐?"

"가끔, 필요할 때요. 하지만 내가 싸워야 할 말은 어떻게 분별하지요? 루이나 펑이 날 놀리는 것처럼 쉽게 알 수 있나요?"

"……"

피피는 아빠가 대답하지 못하는 것을 충분히 이해했다. 목숨을 부지하는 것은 과외의 힘이란 말이 진실일지 모르는데, 그게 보이지 않는 적이란 걸 어떻게 설명할 수 있을까. 피피는 서둘러 아빠를 곤란에서 벗어나게 하고 싶었다.

"아빠. 난 오늘 이상한 말들을 너무 많이 들었어요. 돌아가 자고 싶어요."

그날 밤, 피피는 느닷없이 자신이 다 커버렸다는 생각이 들었다. 더 이상 펠릿 때문에 큭큭거리지도 않았다. 다시 예전처럼 아침에 일어나 사냥을 하고, 바라고 또 바라던 중급반에서 수업을 들었다. 하지만 중급반 수업도 생각만큼 흥미롭지 않았다. 깊은 바다로 잠수해 맛있는 전갱이를 잡아 올려도 즐겁지 않았다. 그냥 세상 모든 것이 그저 그랬다. 새삼 피피를 못난 동생이라고 닦달하던 쭈니가 곧 세상의 밝음이었고, 부드러운 기류였다는 걸 알았다. 쭈니가 사라진 세상은 바람이 불어도 불지 않고, 해가 떠도 뜨지 않은 것과 같았다. 학교 가는 대신 부드러운 바람을 타며 종일 놀고 싶은 생각도 사라졌고, 햇살의 부드러움에 두 뺨을 맡기고 게으름 부리는 즐거움도 사라졌다.

그러자 바로 얼마 전까지 이랬던 것들이 어느 날부턴가 저렇게 보이기 시작했다. 갈매기들의 열정적인 몸부림이 죽음을 향한 어리석음처럼 보였고, 늙은 갈매기들의 생을 갈구하는 모습이 처연하게 보였다. 그렇게 이렇던 것이 저렇게 보인 것 중 하나가 헤븐의 소리였다. 늘 불온한 삐라처럼 내리던 헤븐의 목소리가 달큰한 향기로 날아와 부드러운 포말로 피피의 숨결에 닿았다.

'수고하고 무거운 짐 진 자들아, 다 내게로 오라.'

바다에서 갓 잡아올린 전갱이가 피피의 부리에서 파닥거리는 것처럼 헤븐의 소리는 생생하고 달큰했다.

"엄마, 아빠. 저는 하고 싶은 일이 생겼어요. 그의 말은 무지갯빛 허영이 아니라, 내게 한 마리의 고등어나 따뜻한 바람 같아요."

느닷없는 말에 아빠는 피피를 멍하니 바라보았다. 엄마는 제대로 먹지 못해 야윈 몸을 벌떡 세우며 꽥 소리를 질렀다.

"너까지 왜 그래."

"엄마, 솔직히 왜 그런지 나도 몰라요. 하지만 떠나고 싶어요."

"떠나고 싶다. 음."

멍한 표정으로 피피를 보던 아빠가 무겁게 입을 열었다.

"네, 아빠. 그가 사라진 방향을 유심히 보고 또 보았어요."

이번엔 엄마가 멍한 표정으로 피피를 바라보았다. 쭈니가 사라진 이후로 한 번도 생기를 찾지 못한 눈동자에서 굵은 눈물이 툭 떨어졌다.

나는 것을 연습하고 또 연습하라. 나는 자 속에서 선을 발견할 수 있을 때까지.
그것이 곧 사랑이라. -리빙스턴경 1장 8절.

천국은 아니라네

"여기가 천국인가요?"

머리가 깨질 듯이 아팠다. 그런 와중에도 깃털을 스치는 바람은 온화했고, 바다 내음이 상큼하다는 걸 느꼈다. 피피는 미칠 듯한 갈증과 끔찍한 통증으로 휘청거렸던 기억을 헤집으며, 살며시 눈을 떴다.

"천국? 하하하. 네가 완벽하다고 생각하니?"

"리빙스턴경 2장 8절. '천국은 어떤 장소도 어떤 시간도 아니다. 천국은 완전해지는 것이다.' 난 그걸 물어본 게 아니라, 내가 죽은 건지 묻는 거였어요."

이 와중에도 피피는 자신의 입에서 경전이 줄줄 새나오는 것이 신기했다. 그러면서, 앗, 어쩌면 죽지 않았을지도 모르겠군, 이라고 생각했다.

"여긴 성자의 마을이지. 자네처럼 혼자 성지 순례를 나섰다가 조난되는 갈매기들이 종종 있다네. 자넨 운이 좋았어."

좀 전의 젊고 비아냥대는 목소리와 달리 신중한 목소리가 대답했다. 묵직하고 따뜻한 목소리였다. 피피는 그 목소리가 헤븐일지 모른다고 생각했다. 순간 피피는 안심되었다.

"천국은 없어. 아니 갈매기는 천국에 갈 수 없어. 왜냐하면 완벽한 것은 세상에 없기 때문이야. 그건 추상일 뿐이지. 물론 경전을 줄줄이 왼다고 갈 수 있는 곳도 아니야. 조나단이 우리에게 감춘 것이지. 장소가 아니고 완벽한 것이 곧 천국이라고 하신 것은 곧 우리에게 천국 따위는 없다고 암시한 거야. 천국은 신 혼자 살아."

다시 뭔가 불만스럽고 가벼운 갈매기가 피피의 짧은 안심을 헤집어놓았다.

"에헤, 앤서니."

헤븐이라 짐작되는 목소리가 한없이 냉소적인 목소리를 제지했다.

"네. 앤서니란 분 말이 되게 과하시네요. 사실 난 헤븐이란 갈매기의 말을 따라왔어요."

"아, 그 양반?"

앤서니의 말에 갑자기 피피를 둘러쌌던 갈매기들이 입을 다물었다.

"앤서니, 선생님한테."

점잖고 따뜻한 목소리가 혀를 찼다. 하지만 앤서니는 아랑곳하지 않고 제 할 말을 다 했다.

"하여튼 낚싯밥에 걸려드는 애들이 꼭 있다니까요."

앤서니란 갈매기가 피피를 한심한 듯 바라보았다. 그러더니 시비조로 한껏 불량한 티를 드러내며 물었다.

"넌 누구의 아들이니?"

"난 만 너머, 너머 그리고 섬 너머, 너머 무리 구의 아들이야. 여기선 아버지가 중요해?"

"그래, 중요해. 언제부터 넌 구의 아들이었니?"

"태어나면서부터지."

"그럼 넌 죽을 때는 누구 아들이지?"

"당연히 구의 아들……."

피피는 전율이 일었다. 오자마자 웬 봉변인가 싶었다.

"여긴 조나단 성자님이 태어나셨던 마을이라고 하지 않으셨나요?"

"맞아. 그러니 내 말에 답이나 해봐. 리처드의 아들로 왔는데 죽을 때 신의 아들이 된 건 어때?"

피피는 앤서니를 빤히 바라보았다. 무슨 시험에 걸린 것 같았다. 피피는 떨리는 목소리로 외쳤다.

"그 분은 죽지 않고 사라지셨어."

"이봐, 순진한 환상에 빠진 애송이. 출생의 비밀 장사는 아주 오래되고 성공한 영웅담이지. 누구는 알도 없이 맨몸으로 나오고, 누구는 상자를 타고 바다를 건너오기도 했어. 그래도 어쨌든 그들은 죽지. 다시 오지 않아. 그러니 진짜 영리한 것은 죽음의 비밀이야. 이건 마르고 닳지 않는 샘이거든. 우리 곁에 영원히 있는 거 같잖아. 언제든 어떤 모습으로든 나타날 수 있다는 거지. 영원히 끝나지 않는 파도 같은 거야. 행여 이 파도에 오시려나, 혹여 저 파도에 오시려나. 이 파도에 떠밀려 온 무언가가 행여 그 분이려나, 그 분이 오실 때 난 무얼하고 있을까. 크크크……. 하지만 애송이, 곧 보면 알겠지만, 우리들은 그 분을 돌무더기에 골백번도 더 묻어버렸어. 그러니 목숨 따윈 걸지 마. 유치하니까."

피피는 자신이 가장 좋아하는 이야기가, 오래도록 간직한 아름다움이, 생각지 못한 자리에서 처참하게 무너지는 게 가슴 아팠다.

"오, 마이 갓! 내가 이러려고 여기까지 날아왔나 자괴감이 드는군."

피피는 다시 머리가 지끈거리는 것을 참으며 혼자 중얼거렸다.

"정말, 오, 마이 갓이다. 이거나 먹고 정신 차리고 돌아가. 너 같은 애가 수도 없이 찾아오니까."

앤서니가 피피에게 작은 물고기 몇 마리를 툭 던져주었다. 그러고는 또 다시 툴툴거렸다.

"헤븐 그 영감은 그만 좀 나다니라고 말려도 듣지 않는다니까."

피피는 조나단 성자가 무리에서 추방 당해 수련하던 벼랑을 상상했었다. 황량하고 쓸쓸하지만 헤븐이란 스승이 있어 안심되는 곳. 기기묘묘한 자세로 날기를 강요하고, 곡예단에 들어가 대중의 인기를 먹고 사는 무리를 유유자적 무시하면서 진정한 진리를 꿈꾸는 곳. 그 욕망 덩어리 무리들에게 희생 당한 쭈니의 아픔을 공감해주는 곳을 기대했었다. 그것이 엄마의 눈물을 뒤로 하고 무정하게 길을 나서면서 바란 희망이었다.

그런데 첫 대면부터 사나운 꼴과 마주치다니. 혜븐 스승이 아니라, 혜븐 그 영감이라니. 피피는 자신이 제대로 길을 찾아왔는지 의심스러웠다. 그러나 돌아가려야 돌아갈 수도, 확인하려야 확인할 수도 없었다. 피피는 너무 지쳤고, 날갯죽지는 고통으로 꿈쩍도 하지 않았다.

다음 날 오후 늦게야 한 늙고 초췌한 늙은이가 쿨럭거리며 피피 앞에 나타났다.

"이젠 늙어서 선교 비행도 오래 못하겠어."

"에고, 혜븐 영감님, 그 몰골이 뭐랍니까. 다녀오면 꼭 죽을 듯이 며칠 끙끙 앓으면 뭐해요. 결과가 이런데. 꼭 이런 애송이들만 홀린다니까요. 이제 그만 좀 하세요."

앤서니가 늙은이를 향해 비아냥댔다. 피피는 '결과가 이런데.' 하면서 자신을 바라볼 때 공연히 날갯죽지가 욱신거리면서 부끄럽기도 하고, 화가 나기도 했다. 하지만 무엇보다 피골이 상접한 늙은 할아버지가 혜븐이란 것이 더 실망스러웠다. 피피는 설마 하는 마음으로 조심스럽게 물었다.

"할아버지가 혜븐이에요?"

"자넨 어디서 왔는가?"

"해가 뜨는 쪽 만의 너머, 너머, 섬을 넘고, 또 넘은 무리에서 왔어요."

헤븐의 축 처진 눈 주변이 살짝 올라가며 반짝 생기가 돌았다.

"음, 가장 최근에 선교 비행한 곳이지. 아주 인상적인 곳이야."

"뭐가요?"

"내가 다녀본 곳 중에서 비교적 조나단 성자의 비행을 충실히 이행하고 있는 곳이지."

"네, 맞아요. 우리 무리 중 쭈니와 크라운이 비행 중에 사라지기도 했거든요."

"뭐? 조나단의 전설처럼 사라졌다고?"

낮게 날며 헤븐과 피피를 조롱하듯 내려다보던 앤서니가 급하게 내려왔다. 그 바람에 앤서니는 피피의 머리를 두 발로 차고 말았다. 하지만 사과 따윈 애초에 알지 못한다는 듯이 오히려 피피에게 대들었다.

"네 눈으로 봤어? 사라지는 걸 직접 봤냐고."

피피는 앤서니의 신경질적인 반응에 그만 입을 다물었다.

"아니, 그게……."

앤서니는 피피가 그럴 줄 알았다는 듯이 말을 끊었다. 그리고는 속사포처럼 피피를 향해 말을 쏟아냈다.

"당연히 보지 않았겠지. 원래 그런 허무맹랑한 것들은 말로만 떠도는 거야. 유령과 다를 게 없어. 말이 말을 낳고, 또 말이 허상을 낳으며, 또 허상이 전설을 낳아 성스럽게 포장되지. 그게 꼭 순진한 척 하는 너 같은 애로부터 시작되는 거라고. 여기를 둘러 봐. 몇 분도 안 돼서 금방 알게 될테니까. 너 같은 애들은 진짜 민폐야."

"앤서니, 말이 좀 과하구나. 난 너의 합리적 비판을 나쁘게 생각하지 않아. 하지만 노력하지 않고, 말로만 비판하는 것은 네가 욕하는 저들과 다를 게 없어."

"노력하지 않았다고요? 천만에요. 난 과학적이고 실험적인 통계치를 갖고 있어요. 갈매기가 어떻게 시속 400킬로미터 넘게 날 수 있죠? 그러면 아마 날개가 부서질 걸요? 우리 날개는 그런 속도에 견딜 수 있지 않아요. 실제로 난 거기에 도전도 했어요. 하지만 그건 불가능한 거라고요."

피피는 깜짝 놀랐다. 피피의 무리에서 갈매기의 한계를 말하는 것은 있을 수 없는 일이었다. 그건 조나단 성자가 살던 시절에

나 있던 어리석은 한계론이었다. 조나단 성자는 그 한계론을 온몸으로 부수었다. 그런데 아직도 한계를 이렇게 큰 소리로 떳떳하게 외치다니. 피피는 자기도 모르게 리빙스턴경을 중얼거렸다.

"너의 눈이 말하는 것을 그대로 믿지 마라. 눈에 보이는 것은 모두가 한계일 뿐이다. 2장 3절."

"뭐? 너 방금 뭐라고 했어?"

앤서니가 피피를 향해 곧 두 발 앞차기를 할 자세로 콩콩 뛰어왔다. 피피는 자기도 모르게 꽁지를 바싹 세우고 날개를 파닥여 몇 걸음 뒤로 물러났다. 얼마나 당황했는지, 아픈 것도 잊고, 제대로 먹지 못했는데 그만 똥까지 찔끔 싸고 말았다.

"너 참 가지가지 한다. 말로 말고, 행동으로 보여줘 봐. 네 날개가 시속 400킬로미터로 날 수 있는지. 과연 투명해지다 사라질 수 있는지. 설령 있다 해도, 그건 100만 마리 중 한 마리가 겨우 성공할까 말까 한 일이야. 특별한 갈매기만 할 수 있단 뜻이지. 바로 갈매기의 아들로 태어나 신의 아들로 사라진 조나단처럼. 눈에 보이는 모두가 한계일 뿐이라고? 당연하지. 눈에 보이는 모두가 바로 우리처럼 평범한 자들이니까. 우리를 그대로 믿지 않으면, 한계를 무시하면 우리가 성자가 되나?"

피피는 후회하고 또 후회했다. 학교에서 하란 것을 열심히 하고 또 할 것을. 쭈니라면 당장 보여주고도 남았을 거라고 생각했다. 하지만 자신은 초급반도 유급 당했고, 이제 겨우 중급반에 들어갔다가 그나마 그만두었으니 무엇으로 보여준단 말인가. 쭈니가 사라진 것을 목격한 것도 아니고, 시속 400킬로미터로 나는 것을 보여줄 수도 없으니, 성자의 마을에 온 첫 단추가 허풍으로 꿰어지는 것 같아 불안했다. 고향에서도 경전만 줄줄이 외고 다니는 팔푼이로 취급 당하지 않았던가. 피피는 자동적으로 리빙스턴경을 중얼거린 자신이 원망스러웠다. 피피는 앤서니의 채근에 고개를 숙였다.

"입만 살아 나불거리는 놈이 나타났구나. 내 장담하건대 넌 여기 오자마자 일자리 하나 생긴 건 확실하다. 경전을 줄줄이 외는 데다 쭈닌지 뭔지 하는 너의 가족이 사라졌다는 믿음까지 있으니까 말이야. 환상을 원하는 자들이 분명 좋아할 것들이야."

"난 직업을 얻자고 온 게 아니야."

피피가 간신히 앤서니의 말에 대들었다. 그러면서 간절한 눈빛으로 헤븐을 바라보았다. 그러나 헤븐은 피피 따위는 염두에 없다는 듯 그저 앤서니만 바라볼 뿐이었다. 앤서니는 헤븐의 그런 태도에 더 기고만장해 다시 피피를 몰아붙였다.

"처음부터 거짓말로 사기 치려고 작정해서 된 경우는 많지 않아. 물론 작정하고 사기 치려는 자들의 것이 훨씬 세련되긴 하지. 하지만 너처럼 어리숙해 뵈는 게 더 믿음을 준다니까. 보아하니 경전도 술술 외고 말이야. 금상첨화잖아."

"나한테 왜 그러는 거야. 네가 나에 대해 뭘 안다고. 난 그저 헤븐의 아름다운 목소리에 공감해서 이곳까지 날아온 것뿐이야. 난 조나단 성자에 대해 더 알고, 더 배우고 싶었을 뿐이라고."

피피는 다시 헤븐을 바라보았다. 당신이 날 여기로 이끌었으니 어떻게 해봐요, 하는 눈빛이었지만 헤븐은 여전히 아무 것도 하지 않았다.

"헤븐 영감님, 이번 선교 여행은 나름 특색 있는 수확물 하나를 건지셨네요. 훌륭한 오락거리 하나 더 추가요."

앤서니는 날개를 몇 번 퍼덕거리며 잔뜩 비듬을 털어내고는 훌쩍 하늘로 날아올랐다. 피피는 황당하고 짜증이 났다. 딴에는 엄청난 용기를 내 생애 처음 자기 결정을 하고, 모험을 떠난 것이었다. 죽음의 골짜기를 넘어와 '여기가 천국이냐'고 물었을 뿐이다. 살았는지 죽었는지 확인하고 싶었을 뿐이다. 그런데 대단한 모험을 칭찬하기는커녕 똥물을 퍼붓다니. 게다가 헤븐이란 작자는 형편없는 늙은이였고, 함부로 날뛰는 어린놈도 막지 않았다. 조나단 성자를 구속하고, 핍박하던 한계론을 함부로 떠들어 대는 데도 말이다.

피피는 성자의 마을에 온 지 하루 만에 자신의 결정이 어리석었다는 생각에 우울해졌다.

'엄마 아빠의 마음을 아프게 해서 벌 받은 거야.'

"신고식을 제대로 했구나. 반갑다. 이미 알고 있겠지만 난 헤븐이란다."

'비굴하긴. 앤서닌지 앤딩인지 하는 놈 앞에서는 찍소리도 못하다가 이제 와서?'

피피는 마지 못해 헤븐의 인사에 고개만 까닥했다.

"피피예요."

"피피, 운이 좋구나. 첫 대면이 앤서니였다니."

피피는 떨떠름하게 헤븐을 바라보았다.

'운 좋은 첫대면이라고? 하여간 늙은이들이란 자기 합리화에 탁월한 재주가 있단 말이야. 당신 말에 속은 내가 한심하지.'

"자, 이제 이곳을 한 바퀴 돌아볼까. 그러기 위해선 아까 앤서니

가 주고 간 음식을 좀 먹으렴. 걘 맛있는 걸 골라오는 데는 탁월하
거든."

피로가 회복되지 않은 피피는 사냥하러 갈 기력도 없었다. 다행
인 것은 자발없고 싹수없어 뵈는 앤서니가 피피에게 선심을 썼다
는 점이다. 헤븐의 말대로 먹이는 신선했다.

피피는 앤서니가 툭 던져주었던 멸치를 삼켰다. 통 식욕이 없더
니 멸치 한 마리를 삼키자 그만 식욕이 돌았다. 마치 그러리라 짐
작했다는 듯이 앤서니는 멸치와 꽁치까지 푸짐하게 주고 갔다.

어느새 해가 뉘엿뉘엿 지고 있었다. 저녁놀에 쓸쓸함이 배어나
왔다. 부모님 얼굴에 드리우던 주황빛 노을 그림자가 그리웠다.
피피는 그리움으로 말랑해진 마음을 다잡고 날개를 다부지게 툭
툭 털고 헤븐이 기다리고 있는 공중으로 훌쩍 날아올랐다.

성자의 마을에서 가장 인상적인 것은 돌무더기였다. 돌무더기
의 우뚝한 모습 이외에 마을은 대체로 조용하고 나른했다.

"과연 성자의 마을이군요. 평화롭고 고요해요."

피피는 고향 마을과 같지 않음에 안도했다. 어쩐지 자신이 지향
하는 것을 이곳에서 발견할 수 있을지 모르겠다고 생각했다. 곡예

비행만이 최고이고, 인간의 것을 얼마나 잘 훔쳐오는 가가 명예의 척도가 아닌 곳. 좀 전에 앤서니에게서 받은 인상과 너무 달라서 설렜다.

피피는 한 무리의 갈매기가 둥글게 모여 있는 곳을 가르키며 물었다.

"저곳이 학교인가요? 이곳 갈매기들이 나는 모습을 보고 싶어요."

"글쎄, 그건 천천히 보자. 난 너의 비행 실력을 보고 싶구나."

순간 피피는 위축되었다. 그리고 또 한 번 학교에서 열심히 공부하고 수련하지 않은 후회가 몰려왔다. 내가 쭈니처럼만 날 수 있었다면 얼마나 좋을까.

"아직 여독이 풀리지 않아서요."

피피는 부끄러움에 그만 평범한 비행에서도 속도를 잃고 사선으로 추락했다. 그러나 간신히 속도를 조정해 바다로 고꾸라지는 것만은 피할 수 있었다.

"난 난다는 것에 대한 진정한 가치를 배우고 싶어서 왔어요."

그러나 헤븐은 피피의 말에 어떤 대꾸도 하지 않았다. 피피는 그만 시무룩해졌다. 산책 같은 비행에서 속도를 잃고 고꾸라진 것이 자꾸만 생각났다.

"가치란 말보다는 행동에 있단다."

무심한 듯 툭 던진 헤븐의 말에 피피는 오기가 생겼다. 섬과 만을 몇 개씩 넘어 이곳까지 온 것은 비겁하기 위해서가 아니었다. 피피는 초급반 마지막 테스트였던 수직 낙하라도 보여주어야겠다고 생각했다. 피피는 천천히 위로 올라갔다. 올라가면서 지나치게 높이 올라갔는지 계속 육지의 지형들을 살폈다. 낯선 곳이라 육지의 것으로 가늠하는 것이 쉽지 않았다. 하지만 성자의 마을에서 다시 찌질이로 낙인 찍히고 싶지 않다는 열망이 피피의 날개에 힘을 주었다. 피피는 높이를 재고 바람의 방향과 세기를 날개 끝으로 가늠했다. 그리고 이때다 싶은 순간에 양 날개의 각도를 조절하고, 꼬리를 오므려 등과 수평이 되게 했다. 그리고 두 다리는 힘 있게 모아 꽁지 쪽으로 쭉 당겨 붙였다. 피피의 몸은 저항하는 공기를 뚫고 수직 낙하했다. 짧고 강렬한 전율이 피피의 온몸을 감쌌다. 피피는 눈을 똑바로 뜨고 수면과의 거리를 쟀다. 피피는 짧은 순간 날개를 펴고 두 다리를 수면 위로 뻗을 것인지, 그대로 물속으로 다이빙할 것인지 고민했다. 0.1초의 고민은 피피를 수면 위로 내동댕이쳤다. 사뿐히 앉는 우아함도, 물 속 깊이 다이빙하는 통쾌함도 모두 놓쳤다.

"속도를 붙이는 자세가 아주 좋구나."

"네. 날 가르쳤던 플레처도 그런 말을 했었죠."

"플레처?"

헤븐의 되물음에 피피는 좀전의 실패 따위는 잊으라는 듯 자랑스럽게 대답했다.

"네, 플레처 린드 주니어요. 조나단 성자의 직계 제자였던 분의 아들이지요."

"그래, 플레처가 선교 비행할 때 자식을 두었단 이야기는 들었다만, 이름을 그대로 쓰고 있는지는 몰랐구나."

"네. 그 분은 린드 강령 수호자이기도 해요."

"린드 강령?"

"네. 우린 그냥 린드 강령이라고 하지만, 그 분은 꼭 플레처 린드 강령이라고 하지요. 조나단의 제자였던 바로 그 분 플레처 린드가 남겨주신 거지요. 리빙스턴경과 더불어 우리의 비행 교본으로 필수예요. 우린 그 강령에 따라 비행 연습을 하거든요."

"린드 강령이라."

헤븐은 혼자 중얼거렸다. 그러더니 자랑스러움으로 상기된 피피의 얼굴을 빤히 바라보았다. 그리고 더 이상 아무 말도 하지 않았다. 피피는 직감적으로 플레처 이야기가 헤븐을 불편하게 한다는 것을 알아차렸다.

"쭈니는 나는 독수리 머리 위에도 사뿐히 앉았었죠."

언제나 쭈니는 누군가의 관심을 끌기엔 좋았다. 쭈니 이야기만 나오면 피피는 저도 모르게 기분이 우쭐해졌다. 그러나 그는 사라졌고, 헤븐의 반응 역시 실망스러웠다.

"그 쭈니가 사라지지 않고 너와 함께 왔더라면 좋았겠구나."

피피는 또 후회했다. 쭈니가 특별 과외까지 해줄 때 열심히 배우지 않은 것을. 쭈니처럼 곡예단에 들어가려고 몸부림치지 않은 것을. 배우면 언젠가는 써먹는다는 엄마 말에 코웃음 친 것을.

피피는 후회하는 찌질이의 모습을 보이고 싶지 않았다. 대신 있는 힘껏 최대한 자신 있게, 명랑하게 헤븐 옆에 바싹 다가가며 물었다.

"비행의 진정한 가치는 언제 배울 수 있나요?"

헤븐은 피피의 말은 듣지 못했다는 듯이 때마침 불어온 마파람에 몸을 실었다. 피피는 무안했다. 하지만 피피 역시 굴하지 않고 다시 헤븐 옆으로 바싹 다가붙었다.

"쭈니는요."

헤븐이 피피를 돌아보았다. 순간 헤븐의 눈빛에 그만 피피는 말을 멈추었다. 말끝마다 '쭈니는요, 쭈니는요.' 하는 자신이 한심했다.

'그래, 쭈니는 사라졌어. 지금은 나만 있어.'

피피는 날개에 힘을 빼고 천천히 헤븐을 벗어났다. 그러자 헤븐이 다시 다가오며 소리쳤다.

"마파람을 타고 놀면 기분이 좋아지지. 내가 기분 전환하는 방법이야."

"와우. 나랑 똑같네요. 나도 그래요."

피피는 다시 날개에 힘을 주고 헤븐 옆으로 붙었다. 바람을 타고 노는 것은 피피가 가장 좋아하는 놀이 중 하나였다. 피피는 헤븐을 따라, 두 날개를 퍼덕여 바람을 거슬렀다가 두 날개를 활짝 편 채 바람을 따라 뒤로 밀려났다. 마치 파도에 온 몸을 맡기고 너울을 즐기는 것처럼 상쾌했다. 그러자 잠시의 소심함과 한심함이 바람결을 타고 날아가버렸다.

어느새 고등어 등 같은 푸른 어둠이 내리기 시작했다. 피피는 헤븐과 한 차례 저녁 사냥을 하고 헤븐의 거처에 날개를 접었다.

혜븐은 무리에서 좀 떨어진 조용한 곳에 머물고 있었다. 피피는 수많은 갈매기들과 날개를 비비며 서로 온기를 나누지 않는 것이 낯설었다. 하지만 이곳에선 따로 있는 것이 오히려 편할 수 있다는 생각이 들었다.

혜븐은 늙어서 일찌감치 잠자리에 들었다. 피피도 고단했다. 아직 잠들기엔 일렀지만, 긴장이 풀린 몸은 금방 피로해졌다. 피피는 이른 저녁 시간인데 꾸벅꾸벅 졸기 시작했다. 그때 앤서니가 요란한 소리를 내며 피피 옆에 날개를 접었다. 피피는 감은 눈을 겨우 뜨고 그를 보았지만, 잘 자라는 인사도 하기 싫을 만큼 피곤했다. 여독이 피피를 깊은 잠으로 안내했다.

피피는 문득 눈을 떴다. 무리의 온기가 없는 잠은 썰렁했다. 피피는 고개를 들어 하늘을 보았다. 반달이 중천에 떠 있었다. 고향에서라면 야간 수업을 마치고 이제 잠자리에 들 시간이었다. 피피는 주위를 두리번거렸다. 앤서니가 피피 옆에서 곤히 잠들어 있었다. 그리고 미처 눈치채지 못한 사이에 몇 마리의 갈매기가 더 와서 잠들어 있었다. 피피의 고향에서 무리는 거의 붙어서 잠을 잤다. 그런데 어쩐 일인지 혜븐과 앤서니 그리고 몇은 무리와 떨어진 곳에 잠자리를 삼았다. 피피는 다시 주위를 둘러보았다. 피피보다 먼저 잠들었던 헤븐의 자리는 비었다. 피피는 잠이 덜 깬 채로 조심스럽게 어기적어기적 걸어 주위를 둘러보았다.

"이번 여행도 변변찮았단 말이지."

매우 조심스런 목소리였다. 피피는 걸음을 멈추었다.

"그래도 수직 낙하 비행은 그럴 듯 했다면서."

피피는 침을 꼴딱 삼켰다. 분명 자신의 이야기였다.

"섬 너머, 너머, 만 너머, 너머 무리에서 왔다기에 은근히 기대를 했는데……."

피피는 헤븐의 목소리란 걸 알았다. 동시에 자신이 열심히 실력을 갈고 닦지 않은 일을 또 후회했다. 고향에서도 형편없는 실력이었지만, 여기에 오니 마치 해질 녘의 물고기들처럼 툭툭 튀며 더욱 두드러져보였다.

"이보게 헤븐. 조금만 더, 몇 번만 더 나가주게."

"이제 나도 힘에 겹다네."

"알지. 나 역시 숨이 붙어있을 날이 얼마 남지 않았다는 걸 매일 생각한다네. 그러나 어쩌겠나. 어쩌다가 우리 무리가 이렇게 되었는지 정말 슬프다네."

"앤서니를 보게. 그는 비행 실력도 뛰어나고 합리적이지만 냉소

적이야. 신념 따위가 비집고 들어갈 틈이 없다네. 똑똑하고 바지런한 녀석이 그러니 하물며 다른 갈매기들이야 말해 뭣 하겠는가."

"앤서니만 생각하면…… 아까운 녀석인데…… 자기 재능을 냉소 속에 묻어버리다니……."

"플레처, 자네 제자들은 여전한가?"

"그렇다네. 모두 생각만 한다네. 솔직히 우리 갈매기가…… 우습잖나. 날개를 갖고 있는데 말의 감옥, 생각의 감옥 속에 스스로 가두다니 말일세."

"돌무더기는 또 어떻고."

"헤븐 자네도 열심히 들락거리더만 뭘 그러나."

"그나마 남아있는 우리 무리의 일체감이니 무시할 수 없잖은가. 참, 자네 언제 강령을 반포했었나?"

"무슨 소린가?"

"새로 온 녀석 말일세. 그곳에 린드 강령이 전해진다더군."

"헛소리겠지. 플레처 린드 강령? 돌탑도 모자라 강령까지? 껄껄껄."

"쉿. 무슨 소리가 들리지 않았는가?"

피피는 가슴이 덜컥 내려앉았다. 피피는 최대한 조심스럽게 옆

덤불과 하나 된 듯 미동조차 하지 않았다. 숨을 죽이며 최대한 몸의 부피를 줄이고 기다리는 동안 두 갈매기는 조심스럽게 작별 인사를 했다. 피피는 두 갈매기가 헤어지고도 한참동안 덤불 옆에 망부석처럼 꼼짝도 하지 않았다.

혼자 지새는 밤은 춥고 무서웠다. 밤의 사냥꾼이 자신의 목을 조를지 모른다고 생각하니 잠도 오지 않았다. 그런데다 헤븐과 플레처의 이야기는 피피를 혼란스럽게 했다.

그렇게 무정하게 돌아서는 것이 아니었다는 후회가 또다시 몰려왔다. 성자의 마을에 도착한 순간부터 지금까지 후회의 연속이었다.

'이 삶에서 배우지 못한 것이 다음 삶의 짐이 된다.'는 경전의 말씀은 완전하지 않다고 생각했다. 후회는 생각보다 멀리 있지 않았다. 다음 삶이 시작되기 전에 이미 후회는 시작되기도 한다. 하긴, 예언이란 나쁜 것은 기가 막히게 맞지만, 좋은 것은 별로 맞히는 걸 보지 못했다.

피피는 이 무리로 오던 처음부터 지금까지 후회밖에 없었다. 고향에서 배우지 못한 것이 섬과 만을 몇 개 넘었을 뿐인데 벌써 마음의 짐이 되고 있었다.

'완전하지 않은 경전…… 그게 가능한가?'

조나단, 성자, 리빙스턴경, 린드 강령은 하나의 연관어로 완성되는 단어였다. 완전함. 감히 그 외의 것은 생각할 수도, 상상할 수도 없는 성스러움이었다. 그런데 한 번 머릿속에 떠오른 생각은 쉽게 지워지지 않았다. 피피는 경전 속의 말들을 헤아리며 수긍할 수 없는 것이 무엇인지 생각하기 시작했다. 경전을 의심하는 것. 낯선 곳에서 낯선 밤을 보내며 하는 낯선 경험이었다.

고향에 있을 때, 피피는 이렇게 일찍 눈을 뜬 적이 한 번도 없었다. 이 시각이면 피피가 한 번도 참석하지 못했던 0교시 수업을 가더라도 출석 순위 1위는 되고도 남을 시간이었다.

간밤에 동료들 체온도 없이 웅크리고 있던 날개가 뻣뻣했다. 피피는 체조하듯 날개를 몇 번이고 퍼덕거린 다음 천천히 하늘로 날아올랐다. 무리의 아침은 조용했다. 고향과는 확실히 달랐다.

피피는 무리의 머리 위를 천천히 날면서 어제 보았던 곳을 둘러보았다. 동쪽 하늘에서 희부연 아침 햇살이 잠자는 무리들 머리 위로 번지기 시작했다. 분명 피피와 함께 자던 무리는 아니었다. 피피는 무리의 잠자리에서 조금 벗어난 곳에 있는 커다란 돌무더기를 보았다. 어제 헤븐과 함께 슬쩍 지나치며 본 돌무더기였다. 아침잠 없는 늙은 갈매기 몇이 나뭇잎 몇 개가 달린 가지를 정성스럽게 바치고 있었다. 새벽 맑은 빛을 안고 나뭇잎을 떨구는 늙은 갈매기의 몸짓이 숭고해 보였다. 문득 자신도 쭈니를 위해 저 돌무더기에 나뭇잎을 바치고 싶다는 생각이 들었다. 하지만 정작 피피는 저 돌무더기의 용도를 몰랐다.

"지금 나뭇잎을 바치는 이유가 뭔가요?"

피피는 늙은 갈매기에게 다가가 물었다. 늙은 갈매기는 이것을 모르냐는 눈으로 피피를 바라보았다.

"사실 이곳 성자 마을에 처음 왔답니다."

"종종 그런 갈매기들이 있지. 이곳은 조나단 성자를 기리는 돌무덤이라네. 난 성자를 기리고 내 소원을 빌지."

피피는 뛸 듯이 기뻤다. 조나단 성자의 무덤을 직접 보다니. 지난 밤 뼈저리게 했던 후회는 금방 환희로 바뀌었다. 역시, 오길 잘했다. 모험은 할 만한 것이다. 피피는 돌무더기 주변과 무리를 보았다. 맑고 신성한 고요가 가득했다. 피피는 들뜬 마음으로 늙은 갈매기가 나뭇잎을 물어왔던 숲을 향해 날아갔다. 그러나 두어 번의 날갯짓도 하기 전에 피피는 되돌아오고 말았다. 기쁨 역시 금세 포말처럼 꺼졌다. 그리고 아직 돌무덤 주변을 종종거리며 소원을 비는 늙은 갈매기에게 다가갔다.

"조나단 성자는 죽지 않았잖아요. 그런데 어떻게 무덤이 있지요?"

"당연히 없지."

피피는 뜨악한 눈으로 늙은 갈매기를 바라보았다. 하지만 그는 이미 예상하고 있었다는 듯 천천히 말을 이었다.

"똑똑한데? 많은 순례자들이 묻지도 따지지도 않고 넙죽 엎드리고 나뭇가지 갖다 바치고 야단을 떨면서도 그런 질문 따위는 하지 않는데. 클클."

"그럼 이건 뭐냐고요."

피피는 속지 않겠다는 듯 늙은 갈매기를 다그쳤다.

"이것은 여기 하늘 위에서 사라진 것을 기념하는 기념탑이란다, 애송이 순례객아."

늙은 갈매기는 고갯짓으로 하늘을 가리켰다. 피피는 아까보다 더 기뻤다. 피피가 가장 좋아하는 '성자가 투명하게 사라졌던' 성스러운 현장에 있다니. 피피는 감당할 수 없는 감격에 겨워 소리 내어 울 뻔했다.

'역시 새는 일찍 일어나야 해.'

피피는 조나단 성자가 사라졌다는 돌무더기 위 하늘로 힘껏 날아올랐다. 가슴에 신성한 공기를 빵빵하게 채우니 세상 모든 것이 다 행복해 보였다. 이제야 성자의 마을에 온 영광과 복을 누린다고 생각했다. 오, 해피 데이! 피피는 날개를 위로 아래로 들까불면서 조나단 성자의 체취를 맘껏 느꼈다. 한참을 미친 듯이 성자의 꿈과 희망, 사랑을 맘껏 들이켠 피피는 나뭇잎 하나를 뜯어 돌무덤에 바쳤다. 쭈니의 사라짐을 위해. 그리고 자신의 성스러운 모험을 축하하기 위해.

맘껏 기분이 들뜬 피피는 아침 사냥으로 배를 채운 다음, 넙치와 멸치 몇 마리를 입에 물고 헤븐과 앤서니에게 돌아갔다. 그동안 앤서니가 날라다 준 먹이에 대한 보답이기도 했다. 피피는 '자, 이만하면 나도 쓸모 있는 갈매기' 아닌가요 하듯이 가슴을 쭉 내밀고 자랑스럽게 소리쳤다.

"자, 신선한 아침 식사가 왔어요!"

피피가 잡아온 신선한 물고기들이 나뭇잎처럼 바닥으로 우수수 떨어졌다.

"웃. _ㄲㄲㄲㄲ_."

아직까지 자고 있던 헤븐이 깜짝 놀라며 소리쳤다. 안타깝게도 넙치가 헤븐의 머리에 정통으로 맞는 바람에 헤븐의 부리가 그만 땅바닥에 처박혔다.

"아이고, 선생님."

피피는 너무 놀라 급하게 바닥으로 내려앉았다. 그 바람에 피피의 꽁지가 앤서니의 볼때기를 쳤다. 마침 덤불숲에 날개가 걸려 낑낑거리는 꿈을 꾸던 앤서니는 "으아악!" 소리를 지르며 있는 힘껏 펄쩍 뛰어 올랐다. 동시에 놀라 내갈긴 앤서니의 똥 한 무더기가 피피의 얼굴로 쏟아졌다.

"뭐야, 니네 무리에선 아침 인사를 이따위로 하니?"

앤서니가 부르르 떨며 투덜댔다. 그러나 피피는 똥이 입으로 들어갈까 봐 한마디 대꾸도 못 한 채 그대로 바다로 입수했다.

"똥벼락 보단 예의가 있는 거 같은데, 앤서니."

바닷물에서 한바탕 목욕을 하고 돌아온 피피는 일부러 날개 끝에 달린 물방울을 앤서니에게 털었다.

"영감님, 이제 여행 좀 그만 다녀요. 갈수록 이상한 애들만 오잖아요. 온전한 정신이 있는 갈매기라면 영감님 말에 눈 하나 깜짝 안한다니까요. 그리고 이제 주제 파악도 좀 하시고요. 그 몸으로 그렇게 나다니시다가 객사하기 딱 좋다니까요."

헤븐은 피피가 가져온 넙치를 먹다가 목에 걸려 켁켁거렸다.

"야, 밥 먹을 땐 개도 안 건드린다는 인간들 속담이 있더라. 그래도 한때 네 스승이었는데…… 켁켁."

헤븐의 눈가에 눈물방울이 또르르 떨어졌다.

"욕심 사납게 넙치부터 삼키니까 그렇잖아요. 자, 멸치부터요."

앤서니가 멸치를 헤븐에게 획 던져주었다. 피피는 헤븐과 앤서니를 이해할 수 없는 눈으로 바라보았다. 그러면서 피피는 쭈니를 떠올리고 엄마 아빠를 떠올렸다. 엄마의 잔소리를 미친 듯이 듣고 싶고, 쭈니의 열성적인 다그침도 다시 받고 싶었다.

한바탕의 소동이 잠잠해지자, 그제야 아침 햇살의 신선함이 다시 눈에 들어왔다.

"야, 앤서니. 넌 왜 성자의 돌무더기 이야기를 해주지 않았어? 그렇게 중요한 이야기는 제일 먼저 해줘야 하는 거 아냐?"

사실 이 말은 헤븐을 향한 말이기도 했다. 분명 어제 그곳을 갔을 때도 조나단 돌무더기에 대해선 한마디도 하지 않았다는 게 어처구니가 없었다.

"보셨죠? 영감님이 온몸을 바쳐서 선교 여행을 다닌 결과가 무엇인지. 다 헛짓이라니까요."

어처구니 없는 건 네가 아니라 나야, 하는 듯이 앤서니가 헤븐을 향해 쓴 소리를 날렸다.

"뭐라고? 조나단 기념 돌무더기를 본 게 헛짓이라고?"

피피가 버럭 성을 내며 앤서니를 다그쳤다.

"그만 하렴. 눈 뜨자마자 쓸데없는 일로 다투지 좀 마."

이번엔 헤븐이 피피의 화를 돋웠다. 도대체 쓸데없고, 헛짓이란 말을 어떻게 조나단 성자와 함께 올릴 수 있단 말인가. 피피는 이 무례하고 천박한 대화를 이해할 수 없었다. 그러나 헤븐은 다툴 일도 아니라는 듯 피피가 가져다 준 아침을 목구멍이 미어터지도록 입속으로 구겨 넣고 있었다. 생각 같아서는 부리를 벌려 먹은 것을 다 토하게 하고 싶었다. 심지어 몇몇 갈매기는 이 소동 속에서도 여전히 아침잠을 포기하기 싫다는 듯 고개를 더욱 가슴 쪽으로 붙이며 꼼짝도 하지 않았다.

도대체 뭐지? 피피는 한껏 달아오른 분을 삭이느라 아무 말도 하지 않았다. 그러나 앤서니도 헤븐도 마치 아무 일도 없었다는 듯 아침을 먹고, 바다로 날아가 아침 목욕을 즐겼다. 마치 조금 전의 일이 피피 혼자 환상을 보고 잔뜩 열을 낸 것 같아 멋쩍어질 지경이었다.

잠시의 침묵을 견디자, 아침 햇살이 바다 위로 은은하게 퍼지는 게 눈에 들어왔다. 마음도 가라앉고, 햇살에 다시 기분이 진정된 피피는 몸이 근질거렸다. 한바탕 하늘 높이 날고 나면 기분이 달라질 것 같았다.

도대체 무슨 영문인지 알다가도 모를 일이었다. 고향에서 피피는 아침 햇살을 뺨으로 느끼며 아침잠을 즐기고 싶어 안달이 났다. 벼랑 옆 학교로 친구들이 몰려갈 때도 어떻게 하면 감은 눈으로 스며드는 이 부드러운 햇살을 좀 더 즐길까 궁리하며 미적거리곤 했다. 그러다 결국 엄마의 호된 질책을 듣고야 겨우 눈을 뜨곤 했다. 그런데 누구도 시키는 갈매기가 없는데 두 날개를 활짝 펴고 횡렬 비행, 수직 상승 따위를 연습하고 싶어지다니.

"함께 아침 운동 하실래요?"

피피의 말에 다른 갈매기들이 황당한 눈으로 바라보았다. '뭐, 저런 이상한 놈이 있어.'하는 눈빛들이었다. 그들은 아침잠이 아깝다는 듯 투덜거리며 날개를 파닥거렸다. 그리고는 피피의 말에 대꾸도 없이 하늘로 훌쩍 날아올랐다.

"같이 가요. 운동은 함께 해야 맛이지요."

그러나 갈매기들은 피피를 무시한 채 바닷가 숲으로 날아가더니 나뭇잎을 하나씩 물고 돌무덤을 향해 툭툭 던졌다.

'그렇지, 역시 성자의 마을인데 이게 당연하지.'

피피는 성자의 마을에 드리운 이 경건함이 마음에 들었다. 성자가 이들의 마음에 영원히 살아 존경을 받는 광경을 보니 저절로 기쁨이 충만해졌다. 이런 성스러움이 삶의 바탕이 된다면 헛된 탐욕의 화신이 되거나 비행을 위한 비행의 형식미에 자신과 이웃을 닦달하지 않을 거란 생각이 들었다.

"난다는 것의 의미를 이해하면 된다. 정확한 비행은 우리의 진정한 본질을 표현하는 최소한의 전진이다. 1장 6절과 7절!"

피피는 정말 통쾌한 기분으로 경전을 소리쳐 외쳤다. 아침의 작은 소란과 불쾌함이 한방에 날아갔다.

그때 갑자기 갈매기 한 마리가 피피 옆으로 바싹 날며 피피를 향해 소리쳐 물었다.

"순례자군요. 난 성자가 세상의 여러 무리에게 어떤 영향을 끼쳤는지 연구하고 있답니다. 그러니 묻겠습니다. 그쪽 무리에서는 성자의 눈동자가 어떻다고 알려졌나요? 성자가 아침과 저녁 비행 중 어느 것을 더 선호했다고 알려졌나요?"

피피는 느닷없이 부리를 바싹 들이대며 달려드는 갈매기에 놀라 그만 맹렬하게 날갯짓을 하며 위로 펄쩍 솟구쳐 날았다. 때마침 상승 기류의 따스한 바람 때문에 피피는 저도 모르게 빛기둥을 드나들던 고급반 갈매기들처럼 수직 비행을 성공하고 말았다. 그는 기쁜 마음에 자신이 날았던 상황을 골똘히 되새김질하며 천천히 선회해 낯선 갈매기 옆으로 내려왔다.

"와, 그런 비행 역시 성자의 가르침을 구현한 것이지요? 언젠가 들어본 것 같아요. 이런 비행을 가르칠 때 성자는 누구와 함께 있었나요?"

성자의 순례를 연구한다는 갈매기는 매우 놀랍다는 듯이 날개를 마구 휘저으며 피피 주변을 호들갑스럽게 날았다.

'극과 극을 달리는 무리구나. 요란한 아침 인사와 해괴한 질문이 성스러움과 공존하다니. 어쨌든 그리 나쁜 건 아니야.'

피피는 뭐라 대답할 말이 없었다. 그래서 예의를 잃지 않는 정도로 고개만 까닥이곤 헤븐이 있는 곳으로 날아갔다. 뒤따라오던 갈매기는 이내 피피를 포기했는지 다시 돌무덤이 있는 쪽으로 돌아갔다.

"앤서니, 넌 여태 돌무덤에 가지 않았구나."

앤서니는 일언반구도 없이 피피를 피하듯 훌쩍 날아가버렸다.

"헤븐 선생님, 갈매기의 본질을 제대로 알 수 있는 정확한 비행에 대해 한 수 배우고 싶어요. 정확한 수직 상승 비행 역시 본질을 알아내는 데 매우 중요하겠지요?"

피피는 자신의 말에 스스로 놀랐다. 얼떨결에 성공한 수직 상승을 마치 밥 먹듯이 해온 것이라는 양 우쭐대는 꼴이라니. 그렇게 학교에 가기 싫어 몽을 피웠던 자기 입에서 나온 소리라고 믿어지지 않았다. 성스러움은 이토록 강하고 자연스러운 것인가, 피피는 고개를 갸웃했다.

"앤서니를 따라가 보아라."

"앤서니요? 저 투덜쟁이에다 비관론자를요?"

피피는 얼른 입을 다물었다. 아빠가 이 소리를 들었다면 한 소리 할 게 분명했다. 그러나 첫날 앤서니에게 당한 호된 봉변을 잊을 수는 없었다. 그는 천국을 믿지 않았고, 완전한 비행조차 전설이라며 조롱했다. 무엇보다 쭈니의 사라짐을 형편없는 조롱거리로 만든 것은 아직까지도 상처로 남아있다.

"저, 저, 앤서니가 다니지 않는 학교는요?"

앤서니와 같은 학교에 다닌다면 루이나 펑과 학교 다니던 시절로 되돌아갈 것 같아 언짢았다. 헤븐은 피피를 빤히 바라보았다.

피피는 저절로 목을 움츠렸다. 헤븐은 한참 동안 그렇게 피피만 바라보더니 무겁게 입을 열었다.

"세인트 리시움이 있지. 돌무덤 바로 옆이야. 하지만 ……."

헤븐은 눈을 감고 또 망설였다. 그러더니 이내 숨을 길게 내쉬고는 체념하듯 말했다.

"그래, 한번쯤 경험하는 것도 나쁘지 않을 게다. 거긴 진짜 플레처가 있으니까."

피피는 '진짜' 플레처라고 말하는 헤븐이 마음에 들지 않았다. 하지만 '세인트 리시움'이란 학교 이름은 무척 마음에 들었다. 성자의 돌무덤 옆이라는 것도. 난생 처음 피피는 학교에 가는 것이 즐겁고 설렜다.

플레처는 간밤에 목소리로만 엿듣던 것보다 훨씬 늙었다. 순간 피피는 저렇게 늙은 몸으로 어떤 비행을 선보일 수 있을까 걱정스러웠다. 날개깃 갈피갈피마다 이끼가 끼어있을 것 같은 몰골이었다. 그는 백사장 한편에 솟은 작은 바위에 앉아 있었다. 그 아래로 학생들은 초롱초롱한 눈망울로 플레처를 우러러 보며 앉았다. 그러고 보니 성스런 아우라가 조금 있는 것도 같았다. 피피는 큰 소리로 인사를 하지 않기로 했다. 이미 아침에 한 번 겪은 소동으로 충분했다. 피피는 무리 끝에 조용히 내려앉았다.

"조나단 님께서 배면 비행을 하실 때 그분의 표정은 어땠나요? 점심시간이었나요? 아님 해지는 것을 즐길 저녁 시간이었나요?"

한 어린 갈매기가 플레처에게 조심스럽게 질문을 했다.

피피는 빙그레 웃음이 났다. 자신도 가끔 그런 사소한 것이 궁금할 때가 있었기 때문이다. 플레처는 힘없고 조용한 목소리로 대답했다.

"그것보다 날개 각도에 따라 비행 방향이 어떻게 달라지는지 여러분이 시도해 보시기 바랍니다. 갈매기에게 난다는 것은 말이 아니라, 날개로 하는 것이니까요. 또 무엇보다 바람을 이해해야 합니다. 여러분 지금 바람을 느껴 보세요. 그리고 날아올라 내 몸에 닿는 바람을 연구하세요."

피피는 약간 실망했다. 역시 몸으로 직접 날아보라는 대답은 고향이나 여기나 비슷했다. 하지만 적어도 눈앞에서 곧바로 면박하고 망신을 주지 않는 것이 기뻤다. 피피는 평소에 알고 싶었던 것을 해도 되겠다는 희망에 차서 큰 소리로 질문을 했다.

"네. 저도 궁금합니다. 배면 비행의 경우 양력 문제는 어떻게 되나요? 그건 린드 강령에도 나오지 않던데요?"

질문이 끝나자 무리의 눈이 일제히 피피를 향했다. 피피는 '어때, 꽤 쓸만한 질문이지?'하는 자랑스런 눈으로 무리를 둘러보았다. 그러나 무리의 눈빛은 피피의 기대와 다른 것이었다. 피피는 '뭐지?'하는 눈빛으로 그들을 스윽 일별하곤 대답을 듣고 싶다는 듯 플레처 선생님을 바라보았다.

"사실, 과학적인 것……."

플레처 선생님이 대답을 하려 했으나 무리 여기저기서 날카로운 질문들이 중구난방으로 쏟아졌다.

"믿음의 영역을 그 따위 과학으로 해부하고자 하는 의도가 무엇이지?"

"그리고 린드 강령이라니? 리빙스턴경 말고 뭐가 더 있단 말이야? 리빙스턴경은 이미 그 자체로 완벽한데 뭘 더 첨가한 게 있다고?"

"린드? 플레처 린드? 선생님이 강령을 만들었어요?"

순간 피피의 입이 쩍 벌어졌다. 솜털이 보송보송하던 시절, 먹이를 달라며 아우성치던 이후로 가장 크게 벌려진 입은 다물어지지 않았다. 피피는 한쪽 다리를 들어 올려 벌린 입을 억지로 닫았다. 동시에 켁켁 기침이 쏟아졌다. 눈가에 눈물이 맺히도록 기침을 해도 기침은 쉽사리 가라앉지 않았다. 피피는 하는 수없이 수업에 방해를 주지 않기 위해 무리를 벗어나야 했다. 하지만 수업 방해보다 비겁한 도망이라는 찜찜한 기분이 드는 것도 어쩔 수 없었다.

바닷가 옆 숲에서 한참 숨을 돌린 피피는 마음을 달래기 위해 천천히 바람을 타며 비행을 했다. 날개를 스치는 바람은 부드럽고, 벌써 중천에 오른 태양은 제법 수면을 달굴 정도로 뜨거워지고 있었다. 수면은 피피의 기분을 아는 듯 반짝거리며 피피에게 손짓했다. 피피는 못이기는 척 슬쩍 발을 튕기며 그 손짓에 응답해 주었다. 몇 번을 수면을 튕기며 바닷물과 밀당을 즐기다가 피피는 물 위로 사뿐히 내려앉았다. 힘을 빼고 일렁이는 물결에 몸을 맡기니 좀 전의 상황이 다시 떠올랐다. 그들의 눈빛과 날카로운 목소리는 뭔가 예사롭지 않았다. 그러나 아무리 생각해도 자신의 질문이 그들을 노엽게 할 일이 아니었다. 피피는 공연히 몸을 곤두박질 쳐 바다에 거꾸로 처박히길 반복했다.

'그래, 그건 분명히 불경스럽다는 거였어.' 피피는 이해할 수 없지만 '불경'이란 말을 인정할 수밖에 없었다.

한참 자맥질로 기분을 달랜 피피는 자신이 받아들인 '불경'이 사실인지 확인하고 싶었다. 피피는 다시 세인트 리시움으로 향했다.

무리는 여전히 플레처를 둘러싼 채 모래사장에 앉아 있었다. 피피는 고개를 갸웃했다. 고향에서라면 상상도 할 수 없는 일이었다. 피피는 무리에서 멀리 벗어나지 않는 곳에 앉았다. 그리고 종종걸음으로 최대한 조용히 무리에게 다가갔다. 아무도 피피의 그런 행동에 신경을 쓰지 않았다. 그들은 지금 조나단 성인의 눈동자가 무슨 색깔인지를 놓고 플레처를 닦달하고 있었다. 플레처는 쩔쩔 맸다. 그는 눈동자 색깔이 중요한 게 아니라고 했지만, 갈매기들을 설득시킬 수 없었다.

"그게 왜 중요하지?"

참다못한 피피가 혼자 중얼거렸다. 그러자 무리는 일제히 피피를 향해 고개를 돌렸다. 한여름 태양보다 더 이글거리는 눈빛들이었다. 그리고는 이내 피피에게 달려들 듯이 바투 다가왔다. 그들 중 하나가 험악한 눈빛으로 피피를 위협하며, 외쳤다.

"성자의 마을에 무단 침입한 자가 감히 그 따위 말로 성자를 우롱하다니. 린드 강령 따위를 만들어 신성함을 모독한 저 자를 당장 쫓아내자."

"맞아, 조나단의 모습과 말, 일점일획도 성스럽지 않은 것이 없는데, 그게 왜 중요하냐고? 새로운 강령까지 만들었다고? 저 녀석을 돌무덤에 제물로 바쳐버리자."

동시에 무리는 일제히 날아올라 돌멩이를 공중에서 날리기 시작했다. 플레처가 말리는 소리가 가늘게 들렸지만, 이내 무리들의 함성에 묻혔다. 피피는 무리가 던진 돌멩이에 정신없이 맞았다. 피피는 돌멩이를 피하려고 이리저리 펄쩍거리며 뛰어올랐지만, 그때마다 누군가 공중에서 피피를 두 발로 내리 찍었다. 피피는 머리가 깨지고, 물갈퀴가 찢어졌다. 날개 어느 한쪽이 부러졌는지 엄청난 고통이 몰려왔다.

"헤븐이다! 저자가 불경스러운 곳을 다니며 이런 마귀 같은 자식을 끌어들이는 자다."

갑자기 무리는 피피를 버려두고 다른 곳으로 몰려갔다. 그와 동시에 피피는 정신을 잃고 말았다.

눈을 뜨니 온몸이 망신창이가 된 자신을 헤븐이 내려다 보고 있었다.

"너 참 지랄도 가지가지 한다. 될성부른 데다 물도 주고, 말도 섞는 거지."

앤서니가 다가와 이죽거렸다. 앤서니는 입에 물고 온 미역으로 피피를 덮었다. 소금기 있는 차가운 미역이 상처에 닿자 미친 듯이 따끔거렸다.

"참아. 그래야 상처가 덧나지 않는다."

"선생님은 괜찮으세요?"

피피는 헤븐에게 무리가 달려가던 것을 기억해냈다. 헤븐은 고개만 끄덕일 뿐 아무 말도 하지 않았다.

"뭐가 잘못된 거지? 난 그저 조나단 눈동자 색깔이 뭐가 중요하냐고 혼잣말을 했을 뿐이야."

"배면 비행 할 때 양력은 어떻게 되냐고도 물어봤다면서."

"그러게. 그게 궁금했어. 내 고향에선 무조건 날아, 라고만 하니까. 마침 린드 강령을 만드신 플레처란 위대한 스승이 계시겠다, 그래서 물었던 거라고."

"그런 질문을 하고도 살아남았어?"

"아니…… 믿음이 어떻고, 과학이 어떻고 하면서 죽일 듯이 쳐다보기에 그냥 슬쩍 자리를 피했지. 근데, 린드 강령도 모르고. 플레처 린드 장본인이 선생님인데 어째서 그렇지?"

"린드 강령 같은 소리나 양력 같은 소리나. 참, 쯧쯧이다, 쯧쯧.

그런 불경스런 혼잣말을 애들이 다 듣도록 중얼거리고. 그치?"

앤서니는 계속 비아냥대며 피피를 한심하듯 바라보았다. 피피는 앤서니와 헤븐을 바라보며, 뭐가 문제냐고 재차 물으려던 것을 참았다. 알 듯도 하고 모를 듯도 했다. 헤븐과 앤서니 그리고 몇 마리의 갈매기가 무리로부터 떨어져 지내는 것도 알 듯도 하고 모를 듯도 했다. 그러나 자신이 다시는 학교에 기웃거릴 수 없다는 것은 확실히 알았다.

그날 저녁 막 잠에 들려는데, 누군가 조용히 찾아왔다. 플레처 린드였다. 그는 조용히 피피를 한쪽으로 불러냈다.

"린드 강령이 무엇이냐?"

피피는 드디어 기회가 왔다는 생각에 잠도 달아났다. 그는 신나게 린드 강령의 중요성과 그 구절들을 외웠다. 플레처 린드는 흥분해서 떠벌이는 피피를 멍하니 바라보더니 조용히 사라졌다.

"선생님!"

푸드덕 날아오르려던 피피를 헤븐이 가로막았다.

"편히 눈 감을 수 없겠구나. 됐다. 더 이상 그 린드 강령인지 뭔지는 입밖에 내지 마라."

피피는 혼란스러웠다. 당장 편히 눈 감고 잘 수 없는 것은 피피 자신이었다. 생각이 생각에 꼬리를 물고, 린드 강령의 그물에 갇혀 밤새 뒤척거렸다.

　다시 혼자가 된 피피는 심심했다. 얼마나 원하고 원하던 시간인가. 학교를 가지 않는 시간. 그런데 심심하다니. 피피는 당장 무얼 해야 할지 알 수 없었다.

　고향에서 싫었던 게 여기 와서 그리워지는 건 뭐지? 고향에서 하고 싶었던 게 여기 와서 왜 의미가 없지? 장소가 나를 바꾸었을까? 그럼 장소에 따라 변하는 나는 뭐지? 진짜 나는 장소에 따라 달라지는 걸까?

　엄마가 말했지. 싫다, 싫다 하면서 정이 든 거야. 미운 정이 더 무섭다고.

　아빠가 말했지. 싫다고 몽니 부리면서도 한 것이 습관이 된 거야. 그러니 어떤 일에 어떻게 습관을 들이느냐가 중요하다고.

　정말 엄마 아빠의 말이 맞는 걸까?

　그러나 흔쾌하지 않았다. 뭔가 미진했다. 장소에 따라 달라지는 나라니. 나란 존재는 도대체 몇 가지나 된단 말인가. 만약 이곳 아닌 다른 곳에 가면 내 안에서 또 다른 '나'가 나타날까. 내 속에

'나'란 놈은 도대체 몇 가지인가. 그 중 진짜 나는 누군가.

머릿속은 터질 듯 복잡했다. 마치 짙은 안개 속을 하염없이 날아도 계속 안개 속인 듯 답답했다. 피피는 바람을 가늠했다. 피피가 제일 좋아하는 부드러운 마파람이었다. 세기도 바람타고 놀기 딱 좋은 정도였다. 피피는 바람을 거슬러 휘익 날아갔다가 날개를 쫙 편 채 뒤로 밀려났다. 어느 정도 밀린 다음 다시 날갯짓으로 바람을 거스르고 다시 날개를 편 채 그대로 뒤로 밀려나곤 했다. 바다의 향긋한 냄새와 햇볕의 온기와 반짝이는 바다의 손짓. 모든 것이 놀기에 완벽했다. 하지만 이내 혼자 노는 일이 시들해졌다. 몇 날 며칠이고 이 놀이만 해도 원이 없겠다고 생각한 적도 있었다. 그러나 이토록 빨리 싫증이 나는 일이었다니. 또 머릿속이 복잡해지려 했다.

할 수 없었다. 안개 속 같이 답답한 머리는 싫었으므로, 앤서니에게 가기로 했다. 앤서니는 홀로 유유자적 하늘을 날고 있었다. 빨리 날다가 다시 천천히 날기도 하고, 노는 듯 하다가 먹이 사냥을 하는 듯도 하였다. 어쨌든 비행 연습을 하는지 그냥 시간을 보내는지는 알 수 없었다.

"앤서니. 왜 저들은 날지 않지? 이곳에서는 이론 공부만 있고,

나는 연습은 안 해?"

"이론 공부? 뭐가 이론인데? 양력이란 무엇인가 아는 것? 클클클."

앤서니는 바람을 타고 위로 아래로 오르락내리락 하면서 비아냥댔다. 피피는 힘이 빠졌다.

"앤서니, 넌 왜 학교에 안 다녀?"

"학교가 뭔데? 어디 있지?"

피피는 짜증이 났다. 하지만 현재 말이라도 섞을 수 있는 갈매기는 앤서니 뿐이었다.

"앤서니."

피피는 최대한 인내심을 발휘하면서 다시 앤서니 곁으로 다가갔다. 그러나 앤서니는 다시 피피에게서 멀어지며 팩하고 소리를 질렀다.

"앤서니, 앤서니. 하이고, 그 놈의 앤서니. 나 좀 방해하지 마. 내가 널 여기로 부른 것도 아니니까 헤븐 영감한테 붙던지."

생각 같아서는 멋진 비행 시합을 하자고 제의해서 앤서니 기를 콱 눌러주고 싶었지만……. 쩝! 피피는 화를 꾸울떡 삼켰다. '에고고, 내 팔자야.' 피피가 유급 당하던 날 엄마가 중얼거리던 말이 맴

돌았다. 쭈니라면 가만있지 않았을 것이라고 생각하니, 또 화가 났다. 하지만 화는 피피에겐 사치품이었다. 생각 같아서는 앤서니의 부리를 콕콕 쪼아 버리고 싶었지만, 참았다. 때론 비굴도 약이 될 수 있다. 지금이 그랬다. 머리가 안개 속처럼 무거워지는 것도 싫고, 세인트 리시움으로 갈수도 없었다.

그때 번쩍하는 물음 하나가 떠올랐다. 이 물음이야말로 앤서니도 거부할 수 없을 것이다. 사실 처음부터 묻고 싶었으나, 앤서니가 퍼붓는 독설과 여독에 묻혔던 말이었다. 피피는 지금이야말로 딱 맞는 질문이라고 생각했다. 어차피 이곳에서 혼자 보내야 한다면, 그곳이어야 했다. 누구에게도 환영받지 못한다면, 성자가 고난받았던 그곳이 차라리 나았다. 이왕 온 거 성자의 고난의 행적을 따라보는 것도 나쁘지 않을 것이다. 그곳이라면 황홀한 고독, 성스러운 고난일테니까.

피피는 최대한 경건함을 잃지 않은 엄숙한 목소리로 앤서니에게 물었다.

"한 가지만 더 물을게. 조나단 성자께서 홀로 고난을 당하시며, 끝내 세상의 무지와 타협하지 않으시고, 밤낮 피눈물 나는 수련을 멈추지 않으셨던 벼랑은 어디에 계시지?"

"벼랑이 계셔? 큭큭, 에쿠쿠 큭큭큭."

앤서니가 기침인지 펠릿을 쏟아내려는지 모를 이상한 소리를 내며 자지러졌다. 피피는 자신의 실수가 부끄러웠다. 하지만 숨을 곳도 없었다. 하다못해 엷은 구름조차 보이지 않았다.

"넌 눈 뜬 장님이구나."

앤서니가 한껏 잘난 체 하는 말투로 피피를 비웃었다. 교만과 냉소가 비듬처럼 풀풀 날렸다. 피피는 포말처럼 날리는 잘난 체를 피하려고 최대한 몸을 웅크리고 입을 다물었다.

"아둔하긴. 바로 여기가 거기야."

순간 피피는 날개를 퍼덕이며 위로 솟구쳤다. 참을 만큼 참았다. 낯선 곳인데다 무리에서 배척당해 한껏 위축된 자신을 이렇게 놀려 먹는 것은 온당치 않았다. 피피는 자신의 부리가 앤서니의 부리와 거의 닿을 듯이 밀착 비행을 했다. 그 바람에 앤서니가 뒤로 밀려나며 중심을 잃었다. 하지만 피피는 곧 앤서니의 부리를 한 대 후려칠 듯 눈을 부라리며 참았던 화를 토해냈다.

"뭐? 넌 그동안의 비아냥도 모자라 이젠 대놓고 바보라고 놀리는구나. 내가 그렇게 이상하니? 만만해? 내가 네 졸로 보여? 보자 보자 하니까 갈매기살 불판에서 뒤집어지는 소리하고 자빠졌네."

"또 시작이다. 그래, 네가 어쩐지 그 소리를 하지 않는다 했다. 헤픈 말을 믿고 여기 오는 철없고 허황된 갈매기들이 한 번씩 쇼크를 먹는 곳이지. 클클. 전설에는 조나단 성자가 마치 먼 벼랑으로 추방되어서 홀로 고독하게 수련했다고 전해지지만, 실제로는 바로 코앞이었어. 다만 무리에게서 추방되었다는 그 심리적 거리가 그렇게 와전되었을 뿐이라고, 바보야. 제발 현실을 똑바로 봐. 전설들은 다 그래. 그러니까 전설이야. 부풀리고, 꾸며내고."

순간 머릿속이 하얗게 비고 정적이 몰려왔다. 피피는 저도 모르게 높이 날아올라 자신이 자던 벼랑 주위를 살펴보았다. 피피는 꿈에 그리던 곳에 온 것에 감탄해야 할지, 실망해야 할지 갈피를 잡을 수 없었다. 뭐가 진실인지 갑자기 혼란스러웠다. 믿는 것이 진실인지, 진실이어서 믿는 건지 알 수 없었다. 또 신화는 처음부터 조작될 수밖에 없는 것인지, 신화 역시 시간 속에서 왜곡될 수밖에 없는 것임을 인정해야 하는 것인지도 알 수 없었다. 조나단 성자의 모든 부분에서 이깟 장소의 문제가 본질을 왜곡하고 훼손하는 결정적인 것인지도 모르겠다.

장소에 따라 변하는 자신의 본질이 막막하던 차에 이제 '절대'라 믿었던 것마저 변질되는 것이라 하니. 도대체 변하지 않는 것이 존재하기나 하는 걸까, 하는 의구심이 폭풍처럼 몰려왔다. 그렇다면 완벽한 것 역시 존재하지 않는 걸까. 피피는 자신의 머리가 열 개, 스무 개여도 도저히 풀 수 없는 일 같아 절망했다.

갑자기 미친 듯한 피로감이 몰려왔다. 할 수만 있다면 모든 생각을 멈추고 싶었다. 하지만 생각은 생각의 꼬리를 물고 이어졌다. 피피는 바다 위로 털썩 내려앉았다. 힘이 빠져서 눈을 감고 파도가 너울거리는 대로 온몸을 맡기고 그대로 있었다. 얼마를 그렇게 있었는지 알 수 없는 어느 순간, 수많은 생각의 타래가 서로 엉키고 엉켜 묵직한 우울함 덩어리로 마음을 짓누를 무렵, 발에 와 닿는 모래의 질감이 느껴졌다. 눈을 뜨니 해안가 백사장까지 밀려와 있었다. 피피는 어기적어기적 걸어 풀밭으로 갔다. 누군가 알을 품었던 마른 둥지가 보였다. 세상에서 수만 킬로미터는 떨어진 듯 호젓했다. 혼자 있기에 좋은 곳이었다. 피피는 둥지 속으로 들어가 몸을 납작하게 엎디었다. 엄마의 둥지에 있는 것처럼 안락했다.

키 큰 풀들 사이로 노을빛이 스며들었다. 바람결에 별빛이 흘렀다. 상큼한 바다 내음 사이로 허기진 배의 꼬르륵 소리가 처량하게 들렸다. 잠에 취한 몽롱함 갈피마다 아침 해의 따스함이 느껴졌다. 머리 위 뙤약볕이 등허리를 달구었다. 발을 꿈지럭거려 낡은 둥지 밑을 부수었다. 차가운 모래가 배를 서늘하게 했다. 까무룩 잠이 들었다. 키 큰 풀들이 바람에 넘어지며 사르륵 사르륵 웃어댔다. 멀지 않은 곳에서 도마뱀의 발자국 소리와 갈매기들의 끼룩거리는 소리가 꿈결처럼 아득하게 들렸다. 사르륵 착, 사르륵 착, 파도 소리가 엄마의 자장가처럼 부드러웠다. 어둠이 엄마의 커다란 깃처럼 내렸다.

날카로운 외침과 격렬하게 파닥거리는 소리에 피피는 고개를 들었다. 어느새 해는 높이 떠올랐다. 멀지 않은 곳에 고깃배가 있고, 그 주변으로 갈매기 떼가 몰려 있었다. 배에서 무언가가 공중으로 휙 날았다가 바다로 떨어질 때마다 갈매기들이 미친 듯이 달려들며 싸웠다. 익숙한 광경이다. 배에서 갓 잡아올린 생선을 손질하거나 작은 것을 던질 때마다 그것을 얻어먹기 위해 전쟁을 벌이는 것이다. 고향 마을에서 늙은이나 고아들이 먹이를 얻는 방법이었다.

피피는 고개를 빼고 멍하니 그런 광경을 바라보았다. 그리고 이곳이 성자의 마을이란 사실을 퍼뜩 깨달았다.

피피는 다리를 펴고 날개를 퍼덕였다. 얼마나 이 부서진 둥지에 있었는지 날개는 뻐근하고 배는 텅 비어 힘이 하나도 없었다. 피피는 비틀거리며 둥지를 벗어났다. 당장 무언가를 먹고 싶었지만, 인간의 배 주변에서 벌어지는 아수라장에 낄 엄두는 내지 못했다. 피피는 바닷가 주변을 어슬렁거렸다. 먹이 경쟁에 뛰어들 생각도, 먹이 사냥을 할 힘도 없었다. 우선 바닷가로 밀려든 미역 몇 가닥을 집어 먹었다. 운이 좋게도 조수 웅덩이에 어린 물고기 몇 마리가 있었다.

'다 살게 되어 있다고.' 피피는 싱싱한 물고기를 보자 갑자기 기분이 좋아졌다. 며칠 온 세상이 무너진 듯 한쪽에 처박혀 있었던 이유가 무엇인지도 잊었다. 위장이 비니 세상은 더 빨리 허무해졌다. "배가 든든해야 세상이 아름다운 거야."라는 엄마의 말은 진리였다.

'본질이 어떻게 변하든 지금 있는 존재가 나지. 봐, 배가 차니까 행복해지는 여기 이 존재가 나지 뭐 별 거 있어? 그리고 절대든 완벽이든…… 나중에 고민하고. 어차피 머리로 아는 게 무슨 의미겠어.'

단순해지자 행복해졌다. 피피는 어느 정도 배를 채우고, 앤서니

와 헤븐이 있는 벼랑으로 갔다. 어쩐 일인지 앤서니와 헤븐이 바
다를 향해 나란히 앉아 있었다.

"너 여태 안 갔니?"

피피를 보자 앤서니가 대뜸 시비조로 나무랐다.

"안 보여서 걱정했다. 인사 없이 가버린 줄 알았구나. 이제부터
앤서니와 함께 비행 수련을 해보자."

피피는 뛸 듯이 기뻤다. 그러나 기쁨은 금방 식었다.

"단순한 곡예 비행엔 관심 없어요. 하지만 난다는 것의 본질에
대한 거라면 좋아요."

"차차 나는 것의……."

헤븐의 말은 무리의 커다란 환호성에 묻혔다. 벼랑에서 조금
떨어진 곳에서 무리는 일제히 환호를 하며 서로 경쟁하듯 하늘
높이 날아올랐다. 피피는 심상치 않은 무리의 소리에 그곳으로
날아갔다.

"분명히 봤다니까요. 플레처가 일곱 제자에 둘러 싸여 있었어
요. 그 뒤로 왕관을 쓴 조나단도 있었다고요."

어린 갈매기가 진심을 다한 몸짓으로 무리를 향해 외쳤다. 모두
들 그의 입에서 더 새로운 사실을 듣고 싶어했다.

"그들 주위로 휘황찬란한 빛의 띠가 둘러쳐져 있었고요."

그의 목소리에선 흥분과 영광, 감동과 경건함이 배어 있었다.

"그때 조나단 성자의 눈동자 빛깔을 보았니?"

누군가 흥분을 누르지 못하고 거의 울부짖듯 소리쳤다.

"그럼요. 플레처가 말했듯이 분명히 보랏빛이었어요."

피피는 어리둥절했다. 플레처가 왜 죽은 자들과 함께 있었다는 건지, 조나단 성자가 정말 나타났다는 건지 알 수 없었다. 그래도 어쨌든 피피는 무리들의 환호와 감탄에 저절로 흥분이 되고 몸이 뜨거워졌다. 성스러운 이야기라는 걸 직감으로 알았다. 피피는 떨리는 마음을 억누르고 무리 곁에서 더 이야기를 듣고 싶었다.

"조나단이 쓴 왕관은 루비와 사파이어가 박혀 있었어요."

"금으로 되었고요."

문득 피피는 주위를 둘러보았다. 앤서니와 헤븐은 보이지 않았다. 피피는 벼랑으로 날아갔다.

"왜 여기에 있어? 플레처 이야기 들었어?"

피피 말에 앤서니가 화가 난 듯 부르르 떨며 하늘로 날아 올랐다. 헤븐이 안타까운 눈초리로 그런 앤서니의 뒷모습을 바라보았다.

"헤븐 선생님."

"그래. 어제 저녁 무렵에 플레처가 단독 비행 도중 사라졌다."

"그렇게 말하지 말아요."

언제 나타났는지 앤서니가 헤븐의 말을 막았다.

"저 어리석은 자들이 다시 또 전설을 만들고 있는 중이야. 사라지긴 어떻게 사라져. 갈매기는 그저 죽을 뿐이야. 그리고 조나단의 일곱 제자가 어떻게 마중 나오지? 조나단이 왕관을 쓰고 어떻게 나타나냐고. 정말 나타날 것이라면 우리들 모두 있는 곳에 나타났어야지. 안 그래? 저 어린놈이 플레처가 죽었다는 소리를 듣고 간밤에 꿈을 꾼 거야. 잘 봐. 전설은 저렇게 시작된다고. 합리적 비판조차 잔혹하게 만드는 저 순진함을 등에 업고. 순진하지만 여리고 무식한 것이 꿈과 현실을 혼동하거나 충격을 어떻게든 합리화 하려고 저러는 거라니까. 봐, 이제 돌무더기가 하나 더 늘어날 테지. 결론은 그거야, 돌무더기."

다른 건 모르겠지만, 앤서니의 말이 맞는 게 하나 있었다. 무리는 곧 플레처를 기리는 돌무더기를 하나 더 쌓았다. 그리고 어린 갈매기가 본 조나단의 동상이 만들어지기 시작했다. 그러더니 아예 화요일에는 모든 일을 중단하고 동상을 만들고, 돌무더기에 예배하는 날로 만들어버렸다. 이제 성자 마을 갈매기들은 화요일에는 오직 예배와 경배만 할 수 있었다. 그들은 조나단 동상 앞에서 끝도 없이 성자의 기적 이야기를 듣고 또 들었다. 피피가 아는 이야기도 있었고 처음 듣는 이야기도 많았다. 어린 갈매기의 이야기는 진화되었다. 그러나 더 이상 피피의 마음에 감동을 주지는 않았다. 하지만 갈매기들은 남녀노소를 막론하고 그 이야기에 빠져들었다.

또 어디에 쓸지 알 수 없는 나뭇가지들을 동상과 돌무더기에 바쳤다. 심지어 부리가 부러질 듯 엄청나게 큰 나뭇가지를 물고 온 갈매기는 다른 갈매기로부터 찬사를 받기도 했다.

"헤븐, 왜 갈매기들은 나뭇가지를 제단에 바쳐요?"

헤븐은 맥 빠진 늙은이처럼 멍한 눈으로 피피를 바라볼 뿐 어떤 대답도 해주지 않았다. 헤븐은 그새 더 많이 늙었다.

앤서니는 무리에 섞이지 않았다. 그는 여전히 무리를 몽상가라고 비웃었다. 그는 낮 동안 무리에서 떨어져 어딘가에서 방황하다 밤이 되면 헤븐 곁으로 돌아와 잤다. 그는 떠나지도 않았고, 머물지도 않았다. 그는 무리의 일원이기도 했고, 무리의 일원이 아니기도 했다. 언제나 경계선에서 무리를 바라보고 기웃거렸으며 비아낭대고 과학적 분석으로 동료 갈매기들을 질리게 했다.

결국 피피는 어쩔 수 없이 혼자가 되었다. 이유는 모르겠지만, 무리들처럼 성자의 이야기에 더 이상 흥미도 생기지 않았고(실은 또 얻어터질까봐 갈 수도 없었다), 앤서니의 비웃음도 지겨웠다. 혼자인 것은 자발적이기도 하고 타의에 의한 것이기도 했다. 그러나 그런 것은 전혀 중요하지 않았다. 이제 피피는 스스로 비행에 몰두하기 시작했다.

"헤븐, 제 비행 자세 좀 봐주세요."

피피는 날고 또 날았다. 수직 상승과 하락, 속도의 완급 조절. 그리고 가끔 고향 마을의 곡예단이 했던 비틀어 옆으로 날기, 배면날기, 공중돌기도 재미삼아 시도해 보았다. 그러다 문득 자신이 날고 있는 곳이 조나단이 지독한 외로움에 시달리면서 혼자 수련하던 곳이었다는 생각에 목이 메곤 했다. 그럴 때마다 엄청난 속도로 자신의 날개를 시험해 보곤 했다. 진정 조나단이 추구했던 것이 무엇인지 알고 싶었다.

'정확한 비행은 우리의 진정한 본질을 표현하는 최소한의 전진이다.' '나는 것을 연습하고 또 연습하라. 나는 자 속에서 선을 발견할 수 있을 때까지. 그것이 곧 사랑이라.' '정확한 비행은 갈매기의 진정한 본성을 표현하기 위한 하나의 과정이다.'란 말들이 저절로 몸에 새겨지는 것이 느껴졌다. 빠르고 느림의 문제가 아니라, 순간 이동의 문제가 아니라, 천국의 문제가 아니라, 난다는 것이 곧 자신이라는 것이 조금씩 느껴졌다. 난다는 것이 얼마나 자유로우며 아름다운지 문득문득 느껴지곤 했다.

존재하는 모든 것, 눈에 보이는 모든 것의 한계 따위는 생각하지 않았다. 한계는 한계대로, 초월하고픈 욕망은 욕망대로 자신의 마음속에서 일어서고 사라지는 대로 내버려두었다. 눈에 보이는 것만 생각하면 육체에 갇힌 가련한 존재라는 경전이 떠올라 허무해졌기에 한계를 생각하지 않았다. 완전해야 이를 수 있다는 천국을 생각하면 아득해져 생각하지 않았다.

마파람에 행복하게 날고, 샛바람에 건들건들 날았으며, 된바람에 쏜살같이 구름 위까지 날아 올랐고, 하늬바람을 날개깃 갈피마다 가두어 공중에 멈춘 채 쉬었다. 그러다 순간적으로 힘 조절에 실패해서 어느 순간 짧은 배면 비행까지 하기에 이르렀다.

날면서 자유로웠고, 날면서 행복했으며, 날면서 스스로 고귀하게 느껴졌다. 속도가 느리든 빠르든 자세가 기기묘묘하든 평범의 극치를 달리든, 무엇을 이루어야 한다는 결단이든, 천국에 대한 믿음이든, 나는 것 앞에 중요한 것은 아무 것도 없었다.

헤븐은 벼랑에 화석처럼 앉아 있었다.

"피피, 너의 비행은 아름답구나."

어느 날, 헤븐은 피피에게 그 말을 남기고 마치 돌덩이처럼 그대로 바다로 떨어졌다. 그때 바다는 핏빛 저녁노을로 물들었고, 하늬바람이 잔잔한 물결을 일으키고 있었다. 때마침 집으로 돌아오던 앤서니가 그 모습을 보았다. 앤서니는 언제나 그렇듯이 돌아오면서 먹잇감을 부리에 잔뜩 물고 있었다. 헤븐을 위한 것이었다. 앤서니는 헤븐이 물보라를 일으키며 떨어진 바다에 제물처럼 자신이 물고 온 먹이를 던졌다.

피피는 하늘 높이 올라갔다가 헤븐이 떨어진 자리에 수직 낙하하여 물속으로 함께 들어갔다. 헤븐의 육신은 수면 아래 푹 잠겼다가 위로 둥둥 떠올랐다. 피피 역시 수면 위로 떠올라 헤븐을 부리로 툭툭 건드려 마지막 인사를 나누었다. 저녁놀이 헤븐의 몸을 감싸주었다. 피피는 점점 검붉어지는 바다 위를 낮게 날았다. 어둠이 천천히 헤븐을 삼키기 시작했다.

피피는 헤븐이 앉아있던 벼랑에 앉아 어둔 밤하늘을 바라보았다. 나란히 옆에 앉았던 앤서니가 중얼거렸다.

"헤븐 영감의 죽음은 솔직해서 좋군."

피피는 앤서니를 흘낏 바라보았다.

"사라졌다느니, 승천했다느니 하는 허구가 없어서 좋다는 얘기야. 그런 점에서 헤븐은 제자 하나는 잘 키웠지. 헛된 망상으로 자신의 죽음을 포장하지 않으니까 말이야."

"플레처도 헤븐도 없어. 이제 네가 나서야 할 때가 아닌가?"

"어림 반푼어치도 없는 소리 마."

"누구든 성자의 유지는 제대로 받들 필요가 있어. 내가 보기엔 앤서니 너야."

"너나 하시든지. 헤븐이 왜 선교 여행을 다녔는지 알아? 바로 저 무리들을 움직이게 할 동력이 필요했던 거야. 저들 앞에서 조나단이 말한 비행이 전설이 아니란 걸 보여줄 누군가가 필요했기 때문이지. 하지만 난 전설 따위엔 관심 없어."

"그러니 더 적임자라고 생각하지 않아?"

앤서니는 더 이상 할 말도 들을 말도 없다는 듯 부리를 앞가슴에 푹 파묻었다.

헤븐을 삼킨 어둠은 여느 때보다 더 조밀하고 무거웠다. 적막감에 눌린 해조음이 아득하게 들렸다. 누군가를 영원히 떠나보내고 맞는 밤은 느리고 또 느리게 갔다. 떠난 자의 삶의 궤적이 긴 타래를 풀어내느라 고단한 듯싶었다.

아침이 되어도 피피는 날개를 펴지 않았다. 갑자기 무엇을 해야 할지 알 수 없었다. 멍한 눈으로 뿌옇게 밝아오는 바다를 하염없이 바라보았다.

생각해 보니 쭈니가 사라졌다는 소식을 들은 다음 날 아침도 이랬다. 단지 누군가의 한 자리가 비었을 뿐인데 모든 게 변했다. 하지만 하나도 변하지 않기도 했다. 모든 게 변했다는 상실감과 모든 게 어제와 같다는 막연한 울분이 섞이지 않는 두 조류처럼 피피를 관통했다. 깊은 상실감 사이로 허기가 몰려왔다. 하지만 여느 때처럼 힘차게 자맥질해 물고기를 사냥하고 싶지 않았다. 피피는 모든 게 귀찮았다. 날개를 펴는 일도, 배가 고프다는 생각도. 그는 모든 감각이나 생각들로부터 도피하려고 온 몸을 최대한 작게 말고 꿈쩍도 하지 않았다.

꼬르륵. 결국 피피를 일으켜 세운 것은 참을 수 없는 배고픔이었다. 피피는 무리의 눈치를 보며 조간대 웅덩이를 기웃거렸다. 대강 허기만 채우자 싶었는데, 먹다보니 먹고, 먹고, 또 먹었다. 먹어도 허기졌고, 채워도 채워지지 않은 무언가가 끊임없이 피피를 먹게 했다.

무거운 몸으로 겨우 벼랑 위로 돌아와 눈물 같은 펠릿을 꾸역 꾸역 토해내고 날개를 접고 조용히 하루를 보냈다.

날고 싶지 않을 때 날지 않을 자유도 나는 자유만큼 소중했다. 함과 하지 않음의 자유는 비행의 자유와는 또 다른 자유란 것이 어렴풋이 느껴졌다. 타인의 강요로부터의 자유와 자신의 내부에서 느껴지는 거침없음은 결이 다른 자유다. 어쩌면 아빠 구가 획득하고자 했던 자유와 피피 스스로 추구한 자유가 이것일지 모른다고 생각했다. 조나단이 추구했던 자유는 무엇이었을까. 분명한 것은 외부의 강요로부터의 자유는 아니었을 거란 점이다.

아빠, 엄마! 피피는 오랜만에 고향을 떠올렸다. 그리움이 사무쳤다. 다시 돌아갈 수 있을까.

아침이 되면 앤서니는 쏜살같이 사라졌다.

"흥, 혼자가 그렇게도 좋은 모양이지. 도대체 무리에서 혼자인 것이 갈매기일 수 있어? 쟨 갈매기가 아닌 게 분명해."

애써 무시했지만, 혼자인 것이 쓸쓸한 것은 어쩔 수 없었다. 고향으로 돌아가야겠다고 생각을 했지만, 막상 돌아갈 용기가 없었다.

헤븐이 지켜보지 않으니 나는 일에 힘이 덜 붙었다. 누군가와 함께 한다는 것이, 누군가가 곁에 있다는 것만으로도 에너지가 된다는 것을 절실하게 깨달았다. 누군가의 존재는 에너지다. 존재는 존재로서 따스한 온기가 있다. 그거면 되지 않겠는가.

피피는 무리의 주변을 빙빙 돌았다. 그들은 먹이를 위해 비행을 하고, 나머지는 온통 모여서 이야기를 나누거나 돌무덤에 경배하는 것으로 소일했다. 조나단 동상은 그새 완성이 되었는데, 보랏빛 눈동자와 보석이 박힌 왕관이 인상적이었다. 그들이 가장 선호하는 장소는 동상 옆이 되었다. 동상 주변으로 널린 나뭇가지와 꽃잎들이 수북이 쌓여 있었다.

이제 습관처럼 피피는 무리의 안녕을 묻듯 그들 주변을 한 번씩 날곤 했다. 무리가 아직 피피를 받아주지 않았으므로 그는 주변을 맴돌 뿐이었다.

"당신 친구들은 왜 나는 연습보다 성자의 동상에 경배하고 이야기 경청하는 것을 더 좋아하나요?"

마침내 피피는 홀로 떨어져 잠시 쉬고 있는 갈매기를 발견하고 그에게 다가갔다. 피피는 최대한 예의와 격식을 갖춘 어조로 조심스럽게 물었다. 그 갈매기는 불편한 듯 피피를 힐끔 쳐다보곤 아무 말도 하지 않았다.

"제가 떠나온 고향은 종일 날고, 또 날고 또 난답니다."

"우린 듣고, 경배하고 또 경배하오."

"왜요?"

"그럼 당신들은 왜 날고 또 날고 또 납니까?"

자신을 그래토라고 밝힌 그 갈매기가 피피를 빤히 바라보았다.

"그야 조나단의 가르침이 그러했으니까요. '나는 것을 연습하고 또 연습하라. 나는 자 속에서 선을 발견할 수 있을 때까지. 그것이 곧 사랑이라.' 1장 8절의 말씀이지요."

"1장 5절 '생각하는 곳으로 이동하는 비결은 먼저 스스로가 극히 제한된 육체에 갇혀 있는 가련한 존재라고 생각하는 일을 중단해야 한다.' 우리는 육체에 갇힌 존재라는 것을 잊기 위해 조나단 성자의 모든 것을 기억하고 경배한다네. 우리는 성자가 어떤 생각을 하고 어떤 일을 했는지 들음으로써 우리 자신을 잊는 거지. 나뭇가지를 바치고 경배를 하는 순간 우린 성자와 하나가 되는 경지에 이른다고 믿기 때문이야."

"하지만 갈매기의 본질은 나는 것입니다. 날고 또 날아야 그 안에서 선을 발견하지 않을까요?"

"2장 2절에 이런 말도 있다네. '시간과 공간은 아무런 의미가 없다.' 우리는 경배하고 찬양하는 순간 시공간을 넘어 천국에 이른다네."

피피는 어리둥절했다.

"우리의 뼈는 날기에 적합하도록 파이프처럼 비어있다고 들었습니다. 그런데 그렇게 많은 믿음을 집어넣었으니 어떻게 날 수 있겠어요. 뼛속까지 스민 그 믿음이 참으로 무겁군요."

"클클클클."

갑자기 그래토가 꽁지가 뒤집어질 듯 웃어재꼈다.

"뼈에 믿음이 가득 차 무거워서 날지 못한다고? 그렇다면 우리는 진즉에 비둘기가 되었을 거야. 그들은 거의 날지 않더군. 닭처럼 뒤룩뒤룩 살만 찌고 말이야. 믿음이 무거워 날지 못한다는 자네 논리가 터무니없기도 하지만, 만약 믿음 때문에 비둘기처럼 뒤룩뒤룩 살이 쪄야 한다면 난 백 번이고 천 번이고 살이 찌고 싶어. 크크크크. 믿음이 완전해지면 온전한 천국에 이를 텐데 뚱보면 어떻고 날개가 퇴화되면 어떻단 말인가."

그래토가 하도 요란하게 클클거리고, 꽁지를 들썩이고, 날개를 퍼덕이는 바람에 다른 갈매기들이 몰려왔다. 그들은 그래토와 함께 있는 게 피피라는 것을 발견하고 곧 돌을 집어들었다. 피피는 후다닥 자리를 피했다. 그러면서 피피도 예상치 못한 말이 한 무더기 똥처럼 쏟아져 나왔다.

"그렇게 해서 천국을 간다고 쳐. 그럼 그 비행 실력으로 뭐하는 줄 알아? 닭둘기처럼 뒤룩뒤룩 살이 쪄서 천사 날개 닦는 일 밖에 못해. 천국에서 하루 종일 천사 날개나 닦아야 한다니까. 한 가지 더 말해줄까? 천사 날개는 우리보다 몇 배는 더 많고, 엄청나게 때도 잘 타."

오래 전 피피의 형편없는 비행 실력을 조롱하며 유원강이 했던 말이다. 잊고 있던 말이 이렇게 느닷없이 이렇게 튀어나오다니, 피피 자신도 놀랐다. 그러나 정말 유감없이 목청껏 소리쳤다.

슬슬 혼자 있는 것에 이력이 붙기 시작했다. 아직도 가끔 갈매기 무리 위를 날기도 하지만 거리는 더 멀어야 했다. 그래토와 대화를 한 이후로 무리는 피피를 불온한 자에서 사악한 자로 낙인찍었다. 전에는 가끔 어린 것들이 호기심에 피피가 머무는 벼랑을 기웃거리기도 했지만 이제 그런 일도 없었다. 가끔 피피는 자신의 목소리가 잘 있는지 확인하기 위해 끼루룩 끼루룩 중얼거리기도 했다.

그 날은 안개가 늦도록 걷히지 않았다. 그러더니 어느 순간 하늬바람과 함께 안개가 걷히고 햇살이 정수리 위에서 빛나기 시작했다.

피피는 여느 날처럼 홀로 비행 연습을 하고 있었다. 왼쪽 날개를 기울인 채로 시속 100킬로미터를 유지해, 순간적 전환을 시도했다. 새로운 비행법을 모색하는 일은 기분 전환을 하는 데 최고였다. 성공까지의 즐거운 고난과 성공 뒤엔 하늘을 찌를 듯한 행복의 긴 여운, 피피가 사랑하는 것이었다.

아직 순간적 전환을 완성하지 못한 채 벼랑에서 잠시 휴식을 취하는데, 먼 데서 앤서니가 날아오는 게 보였다. 저녁도 되지 않은 시각에 이곳으로 오는 것도 별 일이었지만, 허둥지둥 날아오는 모양이 예사롭지 않았다. 피피는 앤서니를 지켜보았다.

"보았어, 보았다구. 진짜를 보았어. 오, 맙소사. 오, 맙소사."

앤서니는 피피에게 당도하기도 전부터 소리를 질렀다. 그의 목소리는 흥분으로 높고 갈라졌다.

앤서니는 요란하게 피피 옆에 날개를 접었다. 그러나 곧 다시 날개를 퍼덕이고 두 다리로 껑충껑충 뛰어다니며 흥분을 삭이지 못했다.

"진짜 조나단을 보았어. 혼자 날고 있는데, 마치 안개처럼 스르륵 내 앞에 나타났다고."

"오늘 늦도록 안개가 걷히지 않았어."

피피는 일부러 냉정하게 앤서니를 바라보았다.

"바보. 누가 그걸 몰라? 내가 거기에 속을 위인이야? 해가 완전히 머리 위로 솟아 안개가 걷혔을 때 그렇게 나타난 거라고. 사실 난 오늘 죽기로 작정했었어. 사는 게 의미가 없었기 때문이지. 나는 아주 높이, 높이 올라갔어. 그런 다음 날개를 접고 그대로 떨어질 작정이었거든. 헤븐 영감의 죽음에서 힌트를 얻었지. 결국 헤븐은 죽으면서도 내게 가르치길 멈추지 않은 거야. 아무튼 헤븐이 떨어지듯 그렇게 죽으려고 한 거야. 그러면 수면에 부딪치는 충격으로 난 무사하지 못할테니까. 그런데 내가 한참 낙하하고 있는데 누군가 나를 가로지르며 날아갔지. 엄청난 속도로 떨어지고 있는 나를 가로질러서 말이야. 난 깜짝 놀라서 속도를 줄이고 그에게 소리쳤어. '이봐요, 미쳤어요?'하고 말이야. 그는 이미 나를 가로질러 몸을 비튼 다음 벌써 내 한참 위로 올라가고 있었지. 믿어져? 그런 방향 전환의 수직 비행이. 난 물었어. '도대체 누구세요?' 나도 미친 듯이 그를 따라 올라갔어. 그는 날 지켜보고 있었대. 난

끈질기게 물었어. 누구냐고. 그가 말하더군. '날 존이라고 부르게.' 들었어? 존이래, 조나단이라고. 내가 전설 속의 그 조나단이냐고 물었어. 그는 고개를 끄덕이더니 다시 안개 속으로 사라지듯 그렇게 사라졌어. 분명히 그야. 분명히 조나단, 존이야. 그는 자기를 존이라고 부르라고 했어. 그 말은 곧 다시 나와 만날 뜻이 있다는 거잖아. 그건 전설이 아니었어. 진짜라고. 진짜였어."

앤서니는 거의 숨도 쉬지 않고 계속 떠들어댔다. 피피는 그런 앤서니를 느긋이 바라보다 툭 질문을 던졌다.

"그래? 그럼 조나단의 눈동자가 정말 보라색이었어? 정말 왕관을 썼어? 그 왕관에 루비와 사파이어도 붙어 있었어?"

순간 앤서니가 입을 쩍 벌린 채 피피를 바라보았다. 잠시 숨을 멈춘 채 얼어버린 듯 했다.

"내가 너무 흥분했었나봐. 난 정말이지 그런 건 기억이 안나. 하지만 분명한 건 그는 스르륵 나타났다가 스르륵 사라졌어. 그리고 자신이 바로 그 전설 속의 조나단이라고 했어. 그리고 분명히 말했어. 존이라고 부르게. 이렇게 말이야."

"그래? 그렇다면 넌 머지않아 조나단의 눈동자 색깔을 기억할 것이고, 또 루비와 사파이어가 박힌 왕관을 생각해내겠군."

"뭐? 무슨 소리야."

앤서니는 멀뚱한 눈으로 피피를 바라보았다. 그러더니 다시 좀 전의 흥분을 기억해 내고는 이내 무리에게로 날아갔다. 그가 무리의 머리 위에서 소리치는 게 어렴풋하게 들렸다. 그가 벌이는 호들갑스런 소동 주위로 무리가 몰려들었다.

피피는 앤서니가 왔던 빈 바다와 무리가 축제처럼 떠들고 소란스럽게 끼룩거리는 쪽을 번갈아 바라보았다. 그리고는 헤븐이 늘 앉아있던 벼랑 위에 조용히 앉았다.

피피는 앤서니가 보았다는 조나단 성자를 생각해 보았다. 사실이라면 성자의 재림이었다. 앤서니라면 허풍을 떤 게 아닐 것이다. 그가 왜 왔을까. 이유는 충분했다. 그러나 돌아올 필요가 있었을까. 뭐가 달라질까.

그러나 좀 더 솔직하게 자신의 마음을 들여다보면, 그가 나타났다는 곳을 찾아가 백 날이고 천 날이고 성자가 다시 나타날 때까지 기다려보고 싶었다. 그가 사라졌던 천국에 대해 백 날이고 천 날이고 듣고 또 듣고 싶었다.

헤븐이 그랬듯이 피피는 벼랑에 앉아 며칠이고 바다만 바라보았다. 바람결에 떠들썩하게 흥분하고 외치는 무리의 소리가 며칠째 이어지고 있었다. 그들은 마치 되새떼처럼 앤서니를 따라 우르르 몰려갔다가 우르르 몰려오기도 했다. 이미 많은 갈매기들이 조나단이 나타났다는 곳에 진을 치고 먹을 생각도 않고 기다리고 있다는 소식도 날아왔다. 또 무리 중 많은 수는 조나단의 동상 앞에

엎디어 있거나, 제 몸무게의 몇 배쯤 되는 나뭇가지를 갖다 바치느라 낑낑거리는 갈매기도 있었다.

피피는 이제 때가 되었다는 것을 알았다. 과일 나무에서 과일이 익듯이.

과일은 알 수 없는 긴 시간 동안 절로 무르익어 향기가 사방에 퍼진다. 그 전까지 과일은, 멸치 대가리만 했거나 새끼 까치복의 부풀린 배만 했거나, 푸르거나 붉거나, 사과인 듯 사과가 아닌 듯, 배인 듯 배가 아닌 듯 하다가 어느 순간 향기가 스스로도 감당할 수 없을 만큼 농익었을 때, 그때, 나는 사과야, 나는 배야, 오렌지야, 딸기야 하고 외치지 않아도 까치가 오고 인간의 손길이 오듯 그렇게 때가 오는 것이다. 피피 역시 그렇게 때가 왔음을 알았다.

서쪽 하늘이 붉게 물들기 시작했다. 앤서니는 오늘 밤도 돌아오지 않을 것이다. 피피는 깊고 달게 잠을 잤다.

느린 속도일지라도 완전성을 위해 겁내지 않는 자는 어떤 곳이든 갈 수 있다.
-리빙스턴경 1장 3절.

새로운 자유

추방 당하지 않았기에 소리 없이 돌아왔다. 피피는 떠난 것도 돌아온 것도 조용했다. 강물이 바다로 흘러들 듯 그렇게 다시 무리로 돌아왔다.

피피는 늙은 부모님 앞에서 자신의 나는 모습을 보이며 건강하게 돌아왔음을 알렸다. 그리고 바다 깊이 들어가 맛있는 물고기를 잡아 부모님께 드렸다.

"피피, 너만의 비행을 완성했구나."

아빠 구가 피피를 자랑스럽게 바라보았다.

"저만의 비행요?"

피피는 어리둥절했다.

"그래, 너의 날갯짓은 흉내로 만들어진 게 아니구나. 힘이 있고 아름답다. 너의 나는 모습에서 자유와 행복이 느껴져."

헤븐이 '너의 비행이 아름답구나.'라고 말해주었을 때, 피피는 기술적인 연마를 잘했다는 것인 줄 알았었다. 하지만 그곳은 곡예단도 없고, 또 거기에 들어갈 마음도 없었기에 무심하게 넘겼었다.

"무엇이 저만의 비행인지 솔직히 모르겠어요. 난 그저 날았을 뿐이에요."

"너답게 날았던 거야."

"그래, 쭈니와 확실히 다른 게 느껴진다. 넌 행복해 보여."

엄마 연우가 여전히 쭈니를 잊지 못했다는 걸 알자, 피피는 조금 슬퍼졌다.

"그곳은 이상한 곳이었어요."

피피는 구와 연우에게 여행지에서 겪은 이야기를 했다.

"어쩐지 헤븐인지 뭔지 하는 자가 오지 않는다 했어. 하지만 거기가 그렇게 이상한 곳이라도, 진정, 진정 이상한 곳이라도 곡예단이 없다니 쭈니가 거기에 갔더라면 좋았을 걸. 쭈니는 사라지지 않고 뭐라도 했을텐데. 그 아이는 그러고도 남았을 아인데."

피피는 자신도 그렇게 생각했다는 걸 말하지 않았다. 쭈니는 만질수록 깊어지는 상처였다. 피피에게는 이제 엷은 흉터로 남았지만, 엄마 아빠의 마음속엔 여전히 딱지조차 앉지 못한 상처였다. 이후로도 가끔씩 피피는 부모님이 그 상처에 딱지가 앉는 것을 두려워한다고 느끼곤 했다. 그 상처가 흉터로 남아 자식이 잊히는 게 두려운 모양이었다. 절대 아물지 않는 상처가 부모님의 존재 이유일지 모른다고 생각했다.

"네가 떠난 이후로 또 아미가 사라졌단다. 역시 쭈니처럼 곡예단 실습생이었어."

"그래서 이제 몇몇 갈매기들도 조금씩 이상한 생각을 하기 시작했어."

그들은 언제든 쭈니와 관련된 모든 것을 말하고, 또 말할 자세가 되어 있었다. 둘은 먹는 거 이외에 곡예단에서 누가 어떻게 잘못되었고, 어떻게 사라졌는지에 대해 관심이 많았다. 그렇다고 그런 사실을 여기저기 알리고 문제를 삼는 것은 아니었다. 다만 그들이 그렇게 잘못된 사실을 말하면서 서로 쭈니의 불행에 대해 위로 받았다. 그리고 기꺼이 피피에게 그 사실을 전해주고 함께 동참하길 바랐다.

피피는 고향에 돌아온 혼자만의 기념식을 치렀다. 행복하게 날기, 배면으로, 회전으로, 속도를 조절해서. 어느 하늘이든 날개가 있는 한 갈매기는 자유로웠고, 그것이 진정한 갈매기였다.

아직 옛 친구들을 만나러 갈 마음은 없었다. 이미 루이가 곡예단 단원이 되었다는 것을 연우한테 들었다. 핑은 고급반에 들어가려했지만 아쉽게도 고급반은 사라졌다. 지도자 무리에 들어간 친구도 없었다. 쭈니가 그렇게 들어가고 싶어 했던 고급반이 사라졌다니. 그렇게 쉽게 사라지고, 변하는 것을 위해 열정을 바치고 미친 듯이 괴로워하기도 했다는 것이 놀라웠다. 피피는 그토록 야간 연습까지 했던 친구들의 열정은 어디에 묻혔을까 생각했다. 열정이 사라진 그들은 과거의 그들과 어떻게 다른가, 여전히 그들은 그들인가 궁금했다. 또 인간의 배에서 고기를 낚아채다 죽어간 많은 갈매기들의 용기는 고급반과 함께 사라졌을까.

그런 것을. 그런 것을. 피피는 마치 전원이 곡예단 단원이 될 듯 기기묘묘한 자세로 비행 연습하던 것이 떠올라 씁쓸했다.

"처음 봬요. 우리 무리에서 사는 갈매기인가요?"

혼자 자유를 만끽하고 있는데, 어린 갈매기가 다가왔다.

"난 피피란다. 오랫동안 여행을 떠났다 돌아왔지. 넌 누구니?"

"산울이에요. 당신이 나는 것은 여행자 자세인가요? 매우 독특하고 아름다워요."

"난 내가 나는 자세를 볼 수 없단다. 그래서 네가 말하는 것이 무엇인지를 모르겠구나. 하지만 분명한 것은 난 나는동안 편안하고, 자유로우며 행복하단다."

"뭐라고요? 이렇게 나는 게 편안하고 행복해요? 아……."

산울이는 고개를 절레절레 저었다.

"이렇게 아름다운 비행을 위해서 얼마나 많은 불행을 겪었나요? 얼마나 많은 불행의 시간이 지나면 저도 행복할 수 있나요?"

"오, 맙소사! 얘야."

피피는 산울이를 가만 바라보았다. 어린 날 자신의 모습이 떠올랐다. 선생님께 혼나고, 유급 당하고, 학교 가기 싫어 몽니 부리고.

"우리 갈매기들에겐 날지 못하는 것이 고통이지, 나는 것은 자유고 행복이란다. 불행을 삭이고 숙성시키면 행복이 되는 게 아니란다. 행복은 꼭 불행의 터널을 지나야만 만나는 게 아니란 얘기야."

산울이가 피피를 똑바로 바라보았다. 도저히 인정할 수 없다는 고집스런 눈이었다.

"실은 학교에서 도망쳐 나왔어요. 난 정말 학교가 싫어요. 난 지금도 물고기를 잡거나 먹을 것을 얼마든지 얻을 수 있어요."

"클클클. 나도 종종 그랬단다. 자, 산울아. 내 앞에서 한 번 너의 비행 실력을 보여줄래?"

"지금 날고 있잖아요. 뭘 더 어떻게 날란 이야기죠?"

산울이가 피피 곁에 바싹 따라 붙으며 신경질적으로 대답했다. 그 말에 피피는 날개를 반쯤 접은 다음 속도를 완전히 죽였다. 그러자 자신의 몸무게가 공기를 가르고 순식간에 아래로 쑤욱 밀려 떨어졌다. 2초쯤 그렇게 내려간 다음 이내 날개를 펴 다시 산울이가 있는 곳까지 날아올랐다.

"어떻게 한 건가요? 깜짝 놀랐어요."

"내 마음을 표현한 거란다. 날고 있는데 뭘 더 날라고 하냐는 너의 말이 내 가슴을 철렁 놀라게 했거든. 너도 놀랐니? 그럼 성공이구나. 내 마음이 잘 전달되어서."

산울이가 깔깔 웃었다. 그리고는 재미있다는 듯이 곧 피피 흉내를 냈다. 그러나 속도를 거의 제로에 가깝게 줄이면서 날개를 반쯤 접는 일은 쉽지 않았다. 속도를 죽이면 추락하는 것 같은 두려움에 반사적으로 파닥거렸고, 날개를 저으면 속도가 붙어 저만치 날아가 버렸다. 산울이는 몇 번 더 시도했지만 피피처럼 할 수 없었다.

"억지로 하지 마라. 네가 다시 하고 싶은 마음이 들 때 다시 기다리렴."

"생전 처음 하고 싶은 도전에 찬물 끼얹지 말아요. 난 이 '철렁 비행'을 해보고 말 거예요."

"철렁 비행? 호호. 이름 붙이는 데 소질이 있는데. 좋아. 떨어질 때는 날개보다 너의 몸무게를 섬세하게 느끼렴. 그리고 오를 때 다리로 젓는 힘보다 날개로 젓는 힘을 더 이용해야 한단다."

산울이는 몇 번을 더 '철렁 비행'에 도전했다. 완벽하지는 않지만 제법 흉내를 냈다.

"와우, 멋진데. 학교에서 친구들한테 써먹을 거예요."

산울이는 피피 머리 위에서 선회 비행을 하면서 기쁜 마음을 전달했다. 그리고 휘잉 날아갔다. 피피가 잠깐의 즐거움이 아쉬워 산울이의 웃음 소리가 밴 공기의 흐름에 몸을 얹을 때 그가 다시 돌아왔다.

"다시 찾아와도 되나요?"

"그러렴."

피피는 힘차게 대답했다. 산울이가 사라진 공간에서 연푸른빛 따스한 바람이 불어왔다. 꽃잎 몇 장이 팔랑이다 사라진 듯 여운이 예뻤다.

'저 아이는 자신이 존재한다는 것만으로도 어여쁘고 아름답다는 걸 알까.'

피피는 높이 날아올라, 날개 갈피마다 공기를 잔뜩 채운 다음 힘을 빼고 꽃잎처럼 하늘하늘 아래로 떨어졌다. 존재하는 것만으로도 아름다운 것에 대한 헌사였다.

해가 설핏해질 무렵, 피피는 바닷가로 날아가 구와 연우와 함께 먹이 사냥을 했다.

"아직까진 횟집 앞을 기웃거리지 않는 것에 감사한단다."

연우가 어렝이를 삼키면서 말했다.

"그것도 부끄러운 건 아니에요. 인간의 낚싯배에서 도둑질하는 것보다 훨씬 좋아요."

피피의 말에 연우가 무연한 눈빛으로 피피를 바라보았다.

"넌 참 다르구나. 많이 변했어."

"달라요? 뭐가요?"

피피는 놀란 눈으로 연우를 바라보았다. 그러면서 연우의 입에서 쭈니 얘기가 나오지 않길 바랐다.

"우리 모두와, 우리는 어려서부터 횟집 앞을 기웃거려 빌어먹는 것을 비굴하다고 배웠지."

"지금도 그래요?"

"물론이야. 인간이 던져주는 비루한 고기나 내장들에 달려드는 걸 보렴. 죄다 늙은이나 어린 고아들이야. 난 그런 비루한 꼴로 늙는 게 두렵다."

"조나단이 살았던 시절엔 모두들 그렇게 살았어요. 그리고 그것이 부끄럽지 않았어요. 그런데 기기묘묘하게 나는 것을 아름답다 여기면서 갑자기 그런 행동들이 부끄러움의 영역으로 밀려난 거예요. 직접 사냥해서 먹는 방식이 있고, 인간에 의존해서 먹는 방식이 있을 뿐이지, 어느 것이 옳고 어느 것이 그른 것은 아니에요. 오히려 인간의 배나 마을을 습격해 도둑질 하는 것이 위험하기도 하고 옳지 않은 것이에요."

"애야, 조나단 성자께서는……."

"성자는 잊으세요. 아니, 성자를 흉내내려는 일은 잊으세요. 내가 누구인지를 생각하시면 돼요."

피피의 단호함에 구가 입에 물고 있던 물고기를 떨어뜨렸다.

"스스로 위험을 초래하지 마라."

"달을 가리키는데 손가락만 보니 하는 말이에요. 달은 머리 위에 떠 있으니 가리킬 필요도 없어요."

"하지만 소가 있다는 걸 알아야지, 소의 발자국을 찾지. 그러니소가 있다는 건 알려줄 필요가 있지 않겠니? 그래야 그 발자국이눈앞에 나타났을 때 소 발자국이란 걸 알지. 평생 소가 있는지 조차 모르고 살다가 죽는 것도 허무하지 않겠니?"

피피는 먹던 일을 멈추었다. 그리고 조나단 성자가 추방 당했던벼랑에서 혼자 날던 때를 떠올렸다. 그때 헤븐이 지켜보지 않았다면 그는 그렇게 열심히 날지 못했을지도 모른다. 비록 유급 당했고, 찌질했을지라도 학교에서의 배움이 없었다면 무엇을 위해, 어떻게 날아야 하는지도 몰랐을 것이다. 생각해보니 소가 있다는 것을 알았기에 소를 찾아 여행을 떠날 수도 있었다.

피피는 산울이가 사라졌던 자리에서 느꼈던 어여쁜 설렘을 다시 기억했다.

피피는 유유자적 비행을 즐겼다. 무리 속에서 혹은 무리 밖에서. 그러나 무리 속에서의 비행은 과거가 높은 산맥처럼 버티고 있었다. 가끔 피피를 알아보는 갈매기들이 그것이었다. 함께 공부했던 친구들 중 누구는 피피를 본 첫 마디가, "유급생이었던 피피구나."였다. 심지어 "찌질했던 피피네. 멀리 여행 갔다더니 언제 돌아온 거니?"라고 인사하기도 했다.

연우나 구의 친구들 중엔 "쭈니 동생이구나. 돌아왔다는 말은 들었다. 이제 쭈니만큼 날 수 있니?"라고 묻곤 했다.

피피는 과거로부터 벗어나는 것이 쉽지 않겠다고 생각했다. 그는 어쩔 수 없이 혼자 비행을 즐길 수밖에 없었다. 산울이를 만났던 곳이 혼자 비행하기 딱 좋은 곳이었다. 가끔 외롭다고 느낄 때 누군가를 찾아나설 마음이 들곤 했다. 산울이도 그 중 하나였다. 하지만 어쩐지 '아직은'이란 생각이 먼저였다.

혼자만의 비행을 마치고 무리로 돌아오다가 피피는 무리에 뭔가 일이 벌어지고 있다는 것을 알아챘다. 피피는 서둘러 무리가 있는 곳으로 날아갔다. 곡예단 공연이 시작되고 있었다. 피피는 무리가 둘러선 가장자리에서 곡예단이 벌이는 기예 공연을 보았다. 그들이 화려한 동작을 선보일 때마다 무리는 일제히 소리를 지르며 환호했다. 공연이 끝나자, 지도자 무리가 그들을 에워싸며

칭찬과 찬사를 날렸다.

"거듭 말하지만, 이들은 특별한 능력을 타고 나지 않았습니다. 우리처럼 평범한 갈매기입니다. 부단한 노력과 도전으로 우리의 위상을 드높이는 멋진 표상입니다. 이들은 우리 역시 성자의 후예로서 거듭날 수 있다는 것을 보여주었습니다."

지도자는 곡예 단원들 하나하나 이름을 불러주었다. 그럴 때마다 곡예단은 자신의 개인기를 뽐내며 맘껏 자신의 명예를 즐겼다. 루이도 눈에 띄었다. 루이는 자신의 날개를 필요 이상으로 벌리고 미동도 없이 공중을 선회하는 묘기를 선보였는데, 그 모습이 마치 알바트로스처럼 보였다. 그런데 곧 놀라운 장면이 나타났다. 지도자가 "도도"라고 호명하자 관중들의 환호성이 유달리 더 컸다. 피피는 뭔가 대단한 묘기가 벌어질 것이란 걸 알았다. 호명과 동시에 곡예단 무리에 있던 갈매기 두 마리가 나타났다. 둘 다 한껏 거만하고 고무된 것이 느껴졌다. 두 마리는 무대가 된 가운데로 가볍게 날갯짓해 들어갔다. 그러더니 그 중 한 마리가 부리에 물고 있던 물고기를 떨어뜨렸다. 그러자 다른 한 마리가 재빨리 따라 내려가더니, 물속에 막 떨어진 물고기를 두 발로 움켜쥐고 하늘로 날아올랐다. 와아. 엄청난 환호성과 날갯짓 소리가 천둥처럼 울렸다.

피피는 자신의 눈을 의심했다. 저런 것은 매나 물수리처럼 물갈퀴가 없는 새들이나 하는 것이다. 피피는 머리가 띵했다. 한꺼번에 무수한 생각들이 두서없이 폭발했다.

저런 동작을 할 수 있다는 것은 아직 성장이 다 끝나지 않은 때부터 저 동작을 미친 듯이 연마했을 것이고, 당연히 물갈퀴가 발달하지 못했을 것이다. 물갈퀴야말로 갈매기들에겐 소중한 것 중 하나다. 수영을 하는데 도움이 되고, 갯벌에 빠지지 않게 해주어 갯벌에서 먹이 사냥도 쉽게 할 수 있다. 그런데 저 갈매기는 자신의 기예를 위해 물갈퀴의 성장을 일부러 막았을 것이다.

피피는 도도를 눈여겨보았다. 그를 만나고 싶다는 생각도 들었다. 그러나 곡예단 무리는 각자의 개인기가 끝나자 무리지어 어딘가로 날아가버렸다. 곡예단이 사라진 자리를 어린 것들이 메우기 시작했다. 어린 것들은 아직 제대로 자라지 않은 날개를 비틀며 그들의 동작을 따라 하려고 애를 썼다.

피피는 구와 연우랑 저녁 사냥을 했다. 피피는 제법 큰 농어 두 마리를 두 분 앞에 놓아드렸다.

"아직은 우리가 사냥할 수 있다."

연우가 똑부러지게 말했다.

"알았어요. 오늘 곡예단 공연 보셨어요?"

"이제 그것 보기도 귀찮다. 자꾸 늙은 내 모습만 처량해지는데 뭘."

"왜 너도 곡예단에 들어가고 싶은 거니?"

구가 진지하게 물었다.

"아빠가 더 잘 아시잖아요. 내가 들어갈 수 없다는 걸. 다만 도 도란 갈매기가 어떤 갈매기인지 궁금해졌어요."

"스타지. 아무도 그렇게 먹이를 낚아채지 못하잖니."

"곡예단 모두가 스타지만, 특히 도도는 신비 전략이라나 뭐라나 하면서 도통 우리 주변엔 얼씬도 않더라. 심지어 똥도 누지 않는 다더라, 펠릿 따위도 뱉어내지 않는다더라 하는 소문까지 나돌 정 도면 알만하지 않겠니."

"온전할까요?"

피피가 두 분을 번갈아 바라보았다.

"어차피 그들은 자신의 미래를 앞당겨 행운을 누린단다."

"무슨 소리예요?"

피피가 구를 바라보았다. 그러나 구 대신 연우가 대답했다.

"난 살면서 은퇴한 곡예단 갈매기는 네 아빠 밖에 못 봤다. 그것

180

도 젊어서 쫓겨났으니 이만큼 사는 거고."

"힐링 센터로 간다면서요."

"그걸 기억하고 있구나. 그렇다면 그곳의 정체도 기억하겠네. 저들은 몸의 기능을 한꺼번에 소진하거나 왜곡시키잖니. 모르긴 몰라도 아마 저들의 몸은 곧 종합 병동이 될 거다. 지금이야 모르지만 곧 순리를 거스른 게 드러나는 법이지."

"그게 무서워서 도망친 갈매기 말이니 맞을 거다."

연우의 뼈있는 농담에 구가 웃었다.

"스스로 선택했다고 믿겠죠?"

피피는 도도의 공연을 보면서 내내 '스스로'라는 것이 정말 스스로인가 몇 번이고 묻고 또 물었다.

"그러겠지."

구가 무겁게 대답했다.

"쭈니의 선택엔 내 닦달과 부러움이 있었겠지. 이제 와서 후회하면 무엇할까만."

연우가 낮게 중얼거렸다.

"그래도 그 애의 선택이에요. 난 쭈니에게 내 이야기를 해주었어요. 아프고 실패했던 얘기를 몇 번이고 해주었어요."

"바닥이 기울었다면 물방울은 위로 거슬러 오르기 힘들지요."

피피 역시 조용히 중얼거렸다. 모두 회한과 아쉬움 없이 쭈니를 기억할 수 없다.

피피는 계속 도도를 생각했다. 신비 너머에서 그의 삶은 무엇일까. 회한과 사무침이 있을까. 영웅적인 성취감과 도취일까.

도도는 저물녘 긴 그림자처럼 피피의 잠자리까지 따라왔다. 애잔하게, 섧게.

그래도 무리 안에서 서로의 온기를 느끼며 밤을 보내는 일은 낯설고 푸근했다. 도란도란. 이 말의 실체를 얼마나 사무치게 그리워했는지 돌아와서야 알았다. 비록 아픈 이야기로 간간이 회한의 한숨을 쉬고, 가슴이 먹먹해질지라도. 그래서 아직 젊은 갈매기들이 밤하늘을 날며 자신의 기예를 위해 애쓰고 있었지만, 피피는 일찌감치 잠자리에 들었다. 기기묘묘한 자세로 대중의 갈채를 받는 것보다 도란도란, 옹기종기가 훨씬 좋았다.

이른 아침에 목욕을 하고 첫 햇살을 맞으며 하늘을 나는 것이 좋았다. 바람의 결에 따라 날개를 조절하며 하루의 컨디션을 점검하곤 했다. 몸은 의외로 섬세한 표현력을 갖고 있었다. 한동안 몸은 그저 정신에 따라 움직이는 수동적, 물질적 덩어리라고 생각한 적도 있었다. 성자의 말처럼 한계를 선명하게 해주는 장애였던 적도 있었다. 그러나 해븐 곁에서 혼자 날고, 또 나는 동안 자신의 몸이 수없이 말을 걸어오는 것을 알았다. 바람결과 온도에 따라 깃축과 정수리가 어떻게 미세하게 반응하는지, 바깥쪽 날갯깃과 안쪽 날갯깃이 어떻게 어울려야 속도가 달라지는지, 목으로 스치는 바람과 옆구리로 스치는 바람결의 세기를 어떻게 알아채는지, 꽁지깃이 어떤 모양새로 펴지고 닫히는지, 소금을 배출할 때 눈물샘이 어떻게 떨리는지…… 그리고 가슴 한쪽이 싸하니 아플 때 날갯깃이 얼마나 느리고 둔중하게 움직이는지, 욕망 덩어리가 함부로 몸을 부릴 때 깃축과 가슴 근육이 얼마나 괴로워 비명을 지르는지, 몸과 마음이 어떻게 서로를 다독이며 격려하는지…… 몸은 장애가 아니라, 정신의 교감 상대였다. 자신이 놓인 환경, 바람, 온도, 빛, 먹이 따위에 대해 한시도 쉬지 않고 알려주고, 경고하고, 즐기고, 사랑할 수 있게 했다.

피피는 햇살이 퍼지는 동녘 하늘을 날며 몸과의 대화를 즐겼다. 온전히 자신에게로 집중하는 방법이기도 했다.

"안녕하세요. 좋은 아침이에요."

산울이었다. 목소리가 아침 햇살 보다 더 맑았다.

"그래. 좋은 아침이구나. 학교엔 안 갔니?"

"가는 중이에요. 이따가 친구들을 데리고 와도 돼요? 철렁 비행이 아주 대히트였어요."

"다행이구나. 난 언제든지 좋단다."

"이번엔 '화들짝 비행'도 알려주세요."

"무슨 비행? 화들짝 비행은 모르는데."

"걱정 마세요. 이름은 제가 붙이는 거니까."

산울이는 명랑한 목소리로 대답하고는 휙 날아가 버렸다. 산울이가 사라지고 나자 피피는 자기도 모르게 '화들짝 비행'에 대해 고민하기 시작했다.

'화들짝? 화들짝 놀라면서 날면 화들짝 비행인가?'

피피는 산울이가 가고 난 후부터 계속 화들짝 놀라기 시작했다. 학교 가기 싫어 덤불숲에 숨었다가 뱀이 나타난 것을 늦게 발견했을 때를 기억하고 화들짝. 신나게 몸을 뱅글뱅글 돌리면서 목욕하다가 하늘에서 떨어진 무언가에 맞고 화들짝. 먹잇감을 입에 물었는데 딴 놈이 스치며 지나서 화들짝. 사람들이 던진 물고기를 잽싸게 잡으려다 그물에 너무 접근해서 화들짝. 화들짝, 화들짝, 화들짝.

피피는 종일 화들짝 놀라는 자신을 관찰하고 또 관찰했다.

어쨌든 피피는 하루종일 화들짝 놀라도 즐거웠다. 화들짝 놀라든 철렁 놀라든 어린 갈매기들이 자신을 필요로 한다는 것은 설레는 일이었다.

해가 중천에서 조금씩 기울 무렵, 산울이가 한 무리의 어린 갈매기들을 몰고 나타났다. 그들은 피피를 보자 인사할 겨를도 없이 한 목소리로 외쳤다.

"철렁 비행을 가르쳐주세요."

'뭣이라, 철렁 비행이라고? 화들짝이 아니고? 에공-.'

피피는 실망감에 철렁, 쑤욱 하강했다가 우아하게 다시 올라왔다. 그러자 와- 하는 함성이 쏟아졌다. 피피는 자신이 하루종일 화들짝 놀랐던 일을 고백할 수 없었다.

"이것 말이냐?"

피피는 짐짓 아무렇지 않은 듯 무리를 쓰윽 둘러보았다.

"이걸 왜 배우고 싶니?"

피피 말이 떨어지기 무섭게 어린 갈매기들이 한 목소리로 외쳤다.

"재밌으니까요."

피피는 똘망똘망 빛나는 눈동자들을 바라보았다.

"이건 단순한 기술이 아니야."

"고난도 기술이고, 곡예단 필수 비행인가요?"

누군가 냉큼 나섰다.

"설마, 이건 물고기 몇 마리로 해결되지 않는다, 이런 건 아니죠? 산울이가 공짜랬는데."

"당연히 공짜가 아니지."

"뭐야, 에-."

여기저기서 실망한 듯 웅성거리기 시작했다. 당황한 산울이가 피피를 노려보았다. 몇몇 갈매기는 괜히 왔다는 듯 돌아가려고 했다.

"기술이 아니기 때문에 마음과 함께 움직여야 하거든. 말하자면 공짜가 아니라, 너의 마음이 들어가야 해. 단순히 날개를 몇 도의 각도로 어느 쪽으로 움직여라, 이런 식으로 배우는 게 아니란 뜻이야."

어린 갈매기들은 다시 초롱한 눈망울로 피피를 바라보았다. 피피는 그들을 바닷가에 내려앉게 했다.

"이건 곡예단의 비행과 달라. 날개 각도나 몸의 기울기 따위보다 먼저 마음을 들여다보아야 해. 말하자면, 철렁 비행의 요체는 철렁 하는 순간의 마음을 기억해야 해. 그러면 너의 몸이 그때의 순간을 표현할 거야. 예를 들면 너희들이 즐겁게 날다가 갑자기 아주 무서운 소식을 들었다고 생각해 봐. 순간 가슴이 철렁 내려앉겠지. 그 철렁하는 순간 너의 날개는 급격하게 경직될 것이고, 그래서 몸의 무게를 미처 감당하지 못할 것이며, 모이주머니에 있던 음식들이 곤두설 것이고, 귀깃은 짧은 순간 깃을 곤추세워 주변을 탐지하려 들겠지. 그걸 기억해. 자, 이제 하늘 높이 올라가렴. 올라가면서 마음속으로 철렁했던 순간을 생각하고 또 생각해 보렴. 그런 다음 그것이 지금 눈앞에 닥쳤다고 생각하는 거야. 그 생각이 마음속에 가득 차오르면 그때가 바로 철렁 비행을 시도할 타이밍이야. 알았지?"

"그런 순간이 없다면요?"

꽁지가 유난히 까만 갈매기 하나가 천진한 눈망울로 물었다.

"그래? 그럼 네가 유급 당했다는 선생님의 호령을 들었다면 어떨지 상상해 봐. 나도 유급이란 소식을 들었을 때 가슴이 철렁하더라. 친구들에게 부끄럽고 부모님이 실망할 테니까."

"선생님도 유급 당했어요?"

"난 선생이 아니야. 그냥 피피란다."

아이들은 이미 조잘대며 하늘 높이 날아올랐다. 올라가면서 저희들끼리 철렁했던 일들을 나누고, 낄낄거렸다.

곧이어 몇몇 용감한 갈매기들 먼저 과감하게 철렁 떨어지긴 했으나 다시 올라갈 순간을 놓쳐 그대로 바다에 곤두박질치는 소리가 들리기 시작했다. 풍덩, 풍덩. 일부 겁이 많은 갈매기들은 속도를 제로로 떨어뜨리는 일을 하지 못해 계속 제자리에서 기우뚱거리며 균형을 잃었다 간신히 앞으로 날아가며 다시 속도를 찾곤 했다. 속도 제로는 그들에게 낯설고 두려운 것이리라. 오롯이 자신의 몸뚱어리만의 무게를 느끼는 순간이 처음이었을 것이다. 그래도 아이들은 몇 번이고 하늘로 날아올랐다가 떨어지는 연습을 했다. 피피는 물에 풍덩 빠진 아이들 곁으로 다가가 같이 바다에 몸을 담갔다.

"그렇게 과감하게 추락하다니, 용감한데. 자, 떨어진 김에 목욕한 번 하고. 뚝 떨어지다가 순간적으로 다시 올라갈 때는 어떤 마음인지 생각해 보렴."

"앗! 정신 차려야지. 이런 마음이겠죠."

피피는 물 위에서 장난스레 빙글빙글 도는 갈매기에게 살짝 물
을 튕겨 주었다.

"피피, 성자의 마을은 어땠어요?"

"뭐? 누가 그런 소릴 했니?"

"난 마루예요. 크라운의 동생이고요. 우리 아빠가 그랬어요. 피
피는 성자의 마을로 유학을 갔다 왔다고요."

크라운? 낯익은 이름이었다. 그러나 피피는 그보다 자신에 대
한 이상한 이야기가 더 급했다.

"마루야. 난 유학을 다녀오지 않았어. 그저 먼 곳을 여행하다 왔
을 뿐이야."

"하지만 성자의 마을에 다녀오긴 한 거잖아요. 그곳 이야기 좀
해주세요."

"난 벌써 그곳을 잊었단다. 그래서 이야기를 해줄 수가 없어."

"피. 얘기하기 싫은 거죠?"

마루는 삐쳤다는 듯 핑하고 하늘로 날아올랐다.

"내가 태어나기 훨씬 전에 크라운이 사라졌다는 엄마, 아빠 말
을 믿었지만, 지금은 아니에요."

그제야 피피는 크라운이 쭈니와 함께 사라졌던 갈매기란 것을

알아챘다. 쭈니는 이렇게 또 불쑥 나타났다. 어쩐지 불길했다. 그러나 불길함보다 아이들이 즐겁게 연습하고 노는 모습에 더 정신이 팔렸다. 깔깔거리고, 누군가 성공한 듯 보이면 함성이 터졌다. 그러더니 성공한 갈매기 몇 마리가 시범을 보이고, 나머지 갈매기들은 빙 둘러 춤을 추며 축하해주었다.

"무슨 생각을 하면 그렇게 철렁 떨어질 수 있지?"

"난 떨어지는 것보다 다시 날아오르는 게 안 되더라. 어떻게 했지? 급상승 기술은 중급반에 가야 배우잖아."

"난 우리 엄마가 인간의 그물에 걸렸다는 소식을 들었다고 생각했어. 그래서 철렁 떨어졌지. 하지만 곧 내가 날아가서 그 그물을 없애야겠다는 생각이 나면서 다시 날아올랐어. 피피가 말한대로 마음을 간절하게 하니까 되는 것 같아."

"하지만 마음만 먹어서 된다면 곡예단에 아무나 들어갈 수 있지 않을까?"

마침내 어린 갈매기들은 자기들끼리 한바탕 토론을 벌였다. 그들은 날고 또 날았는데도 행복한 에너지가 퐁퐁 솟아났다. 그들이 뿜어내는 열정과 즐거운 환호는 물고기 비늘이 반짝이는 것처럼 생동감 있고 아름다웠다.

피피는 끼어들지 않았다. 그러나 축복처럼 쏟아지는 그들의 환한 기운을 온몸으로 느꼈다.

어느덧 해가 지면서 바람의 방향이 변하는 게 느껴졌다. 피피는 어린 갈매기들과 한바탕 물고기 사냥을 하고 모두들 집으로 돌려보냈다.

아침놀로 붉게 물든 바다가 막막했다. 다른 날 같으면 벌써 일어나서 한바탕 목욕을 하고, 실컷 물장구도 친 다음 아침 사냥을 할 시간이었다. 그러나 잔뜩 소금기가 엉겨 붙어 푸석거리는 날개조차 펴지 않은 채 멍하게 앉아 있었다. 붉게 물든 아침 바다는 헤븐이 사라지던 저녁의 검붉은 바다를 떠올리게 했다. 참 담담했던 죽음의 순간이었지만, 오래도록 막막했다. 있는 듯 없는 듯 했던 그의 존재가 힘이 되었다는 걸 그때 처음 알기도 했었다. 사라짐으로써 존재감을 드러내는 그 쓸쓸함이라니. 피피는 새삼 그 쓸쓸한 존재감이 슬펐다.

"어디 아프니?"

싱싱한 바다 내음을 풍기며 구가 피피 곁에 앉았다. 벌써 아침 사냥을 마친 듯 목소리에 생기가 돌았다.

"모르겠어요. 다만 슬프게 살고 싶지 않다는 생각을 했어요."

"우리 한바탕 비행 산책을 할까?"

피피는 잠시 망설였다. 왠지 몸이 무거웠다.

"그래요. 다이빙도 좋고요."

구의 말에 연우가 맞장구쳤다.

"다이빙? 좋은데. 자, 일어나. 몸이 움직여야 정신도 움직인다. 얼른."

높이 나니 기분이 맑아졌다. 피피는 머리와 꽁지를 일직선으로 세우고, 날개를 최대한 등쪽으로 접은 다음 자신의 무게를 느끼며 그대로 하강했다. 한 치의 흔들림도 없이 물과 거의 직각을 이룬 다이빙은 피피를 고무시켰다. 역시 찬 물에 머리를 처박는 것이 무기력에서 벗어나는 최고의 방법이었다. 곧이어 연우가 다이빙 대열에 따라붙었다.

햇살은 완전히 퍼져 부드러웠다. 한바탕 아침 사냥 비행을 마친 무리는 물개섬 주변에서 휴식을 취하고 있다가 피피네 가족의 비행을 바라보았다.

문득 피피는 무리의 시선을 느꼈다. 그리고 '지금이 때야.'라고 외치는 소리를 들었다. 피피는 화들짝 놀라는 시늉을 했다가 철렁 비행으로 무리의 시선을 끌었다. 그리고 슬며시 무리의 반응을 살폈다. 확실히 그들은 자신에게서 눈을 떼지 못하고 있었다.

피피는 자신의 마음이 가는 대로 천천히 날았다. 쭈니의 사라짐과 저녁놀의 쓸쓸함, 성자의 마을에서 보았던 돌무더기에 참배하는 자들에 대한 생각, 헤븐의 고단했을 여행, 산울이와 아이들의 웃음소리…….

"피피."

문득 정신을 차렸을 때 연우와 구가 날개 양끝에서 나란히 날고 있었다.

"이렇게 날 수 있어서 행복해요."

"그래 보인다. 자, 이제 좀 쉴까?"

셋은 무리가 쉬고 있는 가장자리로 조용히 돌아갔다. 무리는 깊은 정적에 휩싸였다. 무엇인지 알 수 없지만, 뭔가 해냈다는 강력한 느낌이 피피의 온몸을 감쌌다. 피피는 무거운 정적의 긴장감을 즐겁게 받아들였다.

"피피."

분명 산울이 목소리였다. 순간 피피는 훌쩍 날아올라 육지 쪽으로 황급히 날아갔다. 지금의 긴장감을 망치고 싶지 않았다. 이 순간에 그가 '와, 화들짝 비행이군요.' 한다면 팽팽한 긴장은 희극적으로 마무리될 것이다. 피피는 날면서 산울이가 따라오는지 확인했다. 생각대로 누군가 피피 뒤를 따라오고 있었다. 피피는 급하게 방향을 틀어 바닷가 덤불숲에 몸을 가렸다. 산울이를 한바탕 놀라게 해줄 심산이었다.

"피피."

다시 들어보니 그건 산울이의 목소리가 아니었다. 순간 피피는 귀깃을 세웠다. 피피는 덤불숲에서 고개를 내밀었다. 목소리의 주인공은 뒤뚱뒤뚱 조심스럽게 덤불 쪽으로 다가왔다. 도도? 어쩐지 그 이름이 제일 먼저 생각났다.

"누구죠?"

"난 도도예요."

맙소사! 피피는 도도에게 다가갔다. 한 번 만나보고 싶던 갈매기였다. 게다가 평소 신비 전략을 쓴다며 무리와 섞이지 않는다더니 어쩐 일인가 궁금하기도 했다. 피피는 그가 걷는 모습을 바라보았다. 그러자 피피의 눈길을 의식했는지 도도가 걸음을 멈추었다.

"왜 도망가십니까? 뭘 두려워하죠?"

피피는 사실을 말할 수 없어 웃었다.

"왜 날 따라온 겁니까?"

"당신이 도망가서요."

"기다려봐요."

피피는 그제야 배가 고프다는 게 생각났다. 아침부터 아무 것도 먹지 않았다. 그는 바다 위를 천천히 선회하다가 물고기 한 마리를 잡아 도도 앞에 놓고 다시 사냥을 했다. 그는 물고기 몇 마리를 더 사냥하고는 도도 앞에 앉았다.

"실은 아직 아무 것도 먹지 못했어요. 같이 먹어요. 당신의 사냥 솜씨를 곡예단 쇼에서 봤어요."

"보잘 것 없지요."

"……."

둘은 물고기를 먹었다. 그리고 소금 방울을 눈물처럼 몇 방울 흘리고 먼 바다를 바라보았다. 태양이 벌써 머리 위로 올라왔다.

"어디서 배웠어요?"

도도가 먼저 입을 열었다.

"아무데서도 배우지 않았어요."

"성자의 마을에 유학을 다녀오지 않았나요?"

"아, 거기요? 돌무덤이 많지요."

"무슨 소리죠?"

"거긴 경배 문화가 발달했단 이야기예요. 새벽 경배, 꽃 경배, 나뭇가지 경배, 동상 경배, 성인 경배, 제단 경배……. 참 많은 경배를 봤지요."

"무슨 소린지."

"누구에게도 비행을 배우지 않았단 얘기예요. 당신은 수리한테 배웠나요?"

순간 도도가 얼굴을 획 돌려 피피를 보았다. 그러나 피피가 그를 조롱할 뜻이 아니었다는 걸 보고 다시 바다를 바라보았다.

"난 수리를 모방했어요. 수리가 두 발로 먹잇감을 낚아채는 것이 말할 수 없이 멋져보였거든요. 난 그들을 관찰했죠. 그리고 그들은 물갈퀴가 없다는 걸 발견했어요. 그 뒤부터 난 물갈퀴가 발달하지 못하도록 돌멩이나 나뭇가지를 끼워 넣었어요."

"그래도……."

"네, 발톱이 문제였죠. 그래서 내 발은 가끔 마비가 와요. 지나치게 굽히고 힘을 주었기 때문이죠. 대신 장딴지 근육을 키우기 위해 노력했어요."

"지금이라도 그만두세요."

"그건 곧 곡예단에서의 추방을 의미합니다. 내 가치는 그 재주예요. 그래서 말인데요, 당신이 자신의 가치라고 믿는 것이 안타깝게도 우리 무리에서 추방감이란 겁니다."

"추방이라니, 왜죠? 난 아무 짓도 안했어요."

피피는 어안이 벙벙했다.

"당신이 무리로 돌아와 한 일을 돌아봐요. 당신은 지금 지도자를 긴장시키고 있어요. 엊그제 우리의 공연도 그런 맥락에서 이해해야 해요. 원래 공연하는 시기가 아니었어요."

"도대체 이해할 수 없군요. 내가 나는 것과 당신들의 공연이 무슨 상관이죠? 그리고 난 그저 평범한 아침 산책 비행을 했고……. 그게 다예요. 언제부터 아침 산책 비행이 추방감이었죠?"

"우리와 나는 방식이 달라요. 당신의 산책 비행인지 뭔지가 무리의 어린 것들을 혼란스럽게 해요. 더구나 어린 갈매기들이 당신을 만나면서 문제를 일으키고 있어요."

피피는 지금 도도가 하는 이야기를 이해할 수 없었다.

"내가 돌아왔을 때 친구들의 첫인사가 유급생 피피라는 거였죠. 유급생 찌질이가 이상하게 난들 그게 왜 지도자 무리를 긴장시키죠? 또 찌질했던 갈매기는 어린 갈매기와 즐겁게 지내면 안 되나요?"

"어린 갈매기들을 풍기문란으로 몰아넣고 있어요."

풍기문란? 피피는 저도 모르게 켁켁거리다 부리를 바닥에 찧었다. 그리고는 자신도 모르게 큭큭거리며 웃어댔다. 그러자 도도는 피피를 향해 버럭 화를 냈다.

"당신은 내 호의를 무시하는군요. 난 당신에게 미리 경고하러 온 겁니다. 당신은 이제부터 이 무리에서 허용된 방식으로 날아야 합니다. 싸구려 비행으로 무리의 주의를 끌거나 어린 갈매기들을 현혹시키면 안 됩니다. 난 그걸 말하려고 왔어요. 난 추방이 두렵습니다. 그래서 발이 마비되는 것도 무시합니다. 우린 혼자 사는 동물이 아니니까요. 당신도 내 두려움을 이해할 거라고 믿습니다. 두려움이 당신을 구원할 겁니다."

"정말이지 난 이해가 안 됩니다. 싸구려 비행술이 왜 추방감인지. 오히려 우리의 본성과 특성을 무시하는 것이 추방감이 아닌가요?"

피피는 도발적으로 도도의 발을 쳐다보았다. 도도는 짜증이 난 듯 목소리 톤이 올라갔다.

"본성을 무시한 게 아니라, 우리의 무한 능력을 보여준 겁니다. 바로 그겁니다. 난 우리 갈매기들의 능력의 한계치를 무너뜨렸고, 당신은 우리의 능력을, 우리의 가치를 우습게 만들었어요."

"혹사하고 왜곡하는 것이 무한 능력 개발이라면, 그건 잔인한 일입니다. 자신을 잃어야 무리 속 일원이 된다면, 자신을 찾고 홀로인 것이 더 낫지 않을까요?"

도도는 그게 말이 되는 소리냐는 듯 피피를 노려보았다. 그러더니 선심을 쓴다는 듯, 솜털을 벗지 못한 풋내기에게 설명하듯, 목소리를 낮게 깔고 천천히 말했다.

"나 스스로 택한 길입니다. 후회 없어요. 아마 곡예단이 되지 못했다면 후회했겠지요. 난 나의 정체성과 나의 쓸모에 대해 분명히 알아요."

"정말 스스로 선택했나요?"

"내 평범함을 극복하기 위한 선택이었죠. 난 평범하게 사는 것이 싫었고, 남다른 것을 추구한 결과 난 성공했어요. 당신은 무엇 때문에 내가 불행할 거라고 생각하죠? 당신의 거울에 날 투영시키지 말아요. 당신은 자신만의 것을 발견했다며 거만하지만, 결국 아웃사이더에 불과해요. 난 나만의 독특함을 개발했고, 우리 무리의 가치를 상승시켜주는 역할을 해요. 한마디로 당신이 발견한 자신은 쓸모없지만, 내가 발견한 내 가치는 쓸모 있다는 거예요. 당신은 독특함이 곧 자신이며, 모두가 독특함을 찾아야 한다는 듯이 말하지만, 그것 역시 아집에 불과해요."

어쩐지 도도는 점점 흥분하여 열변을 토했다. 피피는 그런 도도를 물끄러미 바라보았다. 도도는 피피를 설득하는 게 아니라, 자신을 설득하고 변명하는 것처럼 보였다. 도도는 피피가 자신을 물끄러미 바라본다는 것을 눈치채고 문득 입을 다물었다. 잠시 침묵이 흘렀다. 피피는 여전히 도도를 보고 또 보았다. 이상하게 무례하다는 걸 알면서도 계속 바라보았다. 무엇을 말해야 할지 말문이 열릴 듯 들썩였지만, 막상 도도의 말에 반박할 말도, 고개를 끄덕일 말도 생각나지 않았다. 그러다 피피도 생각지 못한 말이 툭 튀어나왔다. 그러나 말을 하고 나니 피피가 도도를 위해 할 수 있는 최선의 말이었다는 생각이 들었다.

"함께 추방 당할래요?"

순간 도도의 날카로운 눈빛이 피피의 정수리에 내리꽂혔다. 그리고 자신의 진심을 알아주지 못한 것이 분통 터진다는 듯 소리를 질렀다.

"난 솔직하게 당신에게 말했어요. 심지어 내 발 이야기까지. 진심으로 당신을 설득하고 싶었기 때문이지요. 쭈니의 이야기를 듣고 자랐으니까요. 하지만…… 당신은 구제 불능이군요."

그는 푸드덕 날아올랐다. 그리고 피피를 향해 똥을 찍 싸고 뒤도 돌아보지 않고 날아가 버렸다.

피피는 도도의 불안을 지나치게 정면으로 건드린 게 아닐까 잠시 생각했다. 하지만 후회는 없었다. 머지않은 미래에 도도가 반드시 기억하고 자신을 찾아올 말이라고 생각했다. 그렇더라도 도도의 뒷모습은 피피에게 씁쓸한 여운을 남겼다.

피피는 도도가 사라진 하늘을 물끄러미 바라보았다. 이미 해는 중천에 떠 있는데 사위는 밤처럼 적막했다.

다른 갈매기의 숨겨놓은 불안이나 부끄러움을 건드려야 한다면, 신중해야 한다. 그런데 피피는 맛있는 전갱이를 물속에서 사냥하듯 그렇게 콕 집어 올렸다. 작정하고 한 건 아니었다. 그렇게 되었을 뿐이다.

무엇보다 도도가 찾아온 이유를 신중하게 더 듣고, 또 들었어야 했다. 도도 스스로 피피를 찾아오지는 않았을 것이기 때문이다. 분명 추방의 경고였다. 그런데도 공연히 도도의 자존심을 건드리다니, 피피는 후회했다.

그러나 아무리 생각해도 피피는 왜 자신이 추방 당해야 하는지 알 수 없었다.

어쨌든 피피는 추방 당하고 싶지 않았다. 혼자인 삶이 얼마나 외롭고 힘든지 누구보다 잘 알았다. 깊은 불안과 고뇌가 피피의 날개를 무겁게 만들었다. 피피는 돌덩이처럼 무거워지는 날개를 가만히 파닥거렸다. 어린 날, 쭈니의 특별 과외로 상처를 입고, 덤불숲에 숨어있던 불안이 떠올랐다.

피피는 무거워진 날개를 느리게 움직여 무리에서 좀 떨어진 바람코지로 날아갔다. 바람코지는 해 지는 쪽 벼랑으로, 인간의 마을이 없고 썰물이 되어도 모래펄은커녕 자갈밭도 드러나지 않는 곳이었다. 또한 천지사방에 몸 하나 가릴 덤불숲도 없고, 나무 그늘도 없었으며, 게다가 물살은 언제나 거셌다. 추방 시키기에 딱 좋은 곳이고, 실제로 추방지이기도 했다.

'전설이 만들어지기 딱 좋은 곳이야. 조나단이 추방 당했던 벼랑보다 훨씬 드라마틱할 거야.'

피피는 우아하게 춤을 추듯 날았다. 기쁜 듯이, 슬픈 듯이. 이별할 듯이, 재회할 듯이. 바람을 가르는 날개는 힘차게 날갯짓을 했다가 바람을 탈 때는 한없이 부드럽고 유연했다. 두 다리는 꽁지 쪽으로 날렵하게 붙었다가 다시 노처럼 힘차게 저으며 앞으로 나아가기도 했다. 그러다 어느 순간 무념무상의 상태로 바람과 하나가 되어 햇빛 속으로 사라졌다가 다시 나타나곤 했다. 마치 은은한 빛의 커튼 사이를 들락거리는 듯 고혹적이었고, 햇빛에 반사된 물마루처럼 반짝이며 아름다웠다.

도도를 만난 이후로 종종 뒷덜미가 곤두서곤 했다. 그들이 왜 자신을 추방하고 싶어하는지 정확하게는 알 수 없지만, 추방의 의지는 분명했다. 그러므로 조만간 또 한 번의 경고가 날아오거나 추방 명령이 떨어질 것이다.

희미하게 느껴지던 불안이 드디어 실체를 드러냈다. 몇몇 아이들이 아침부터 학교 대신 피피를 찾아온 게 화근이었다. 그렇지 않아도 방과후 오후 수업에 많은 아이들이 사라지기 시작하면서 피피를 예의 주시하고 있던 교사와 학부모가 피피를 찾아왔다.

"자네는 유급생이었던 피피 아닌가?"

플레처였다. 이미 피피가 돌아왔고, 경고 대상에 올라와 있다는 것을 알면서도 마치 처음 안 것처럼 인사를 했다. 문제의 대상을

'처음' 안 것처럼 해야, '유급생 피피'라고 강조할 수 있기 때문이다. 피피는 플레처의 그런 속내를 빤히 꿰뚫었지만, 듣고 있는 것 외에 할 일은 없었다.

플레처의 인사에 교사와 학부모들이 일제히 클클거렸다. 피피를 비난할 준비가 되었다는 신호였다. 피피는 일부러 담담하게 플레처를 맞았다.

"아, 예. 유급생이었던 피피 맞습니다. 저 역시 선생님께 드릴 말이 있었는데, 어떨지 망설이느라 인사가 늦었습니다. 바로 선생님의 아버지인 플레처에 대해서요."

플레처는 예상치 못했다는 듯 잠시 당황하더니, 이내 학부모들 앞에서 체면을 잃고 싶지 않다는 듯 목소리를 낮게 깔았다.

"그 이야기는……. 차차 하고. 자네가 아이들을 꾀어내는 솜씨가 대단하다는 이야기를 듣고 왔네. 자네가 지금 무슨 짓을 하고 있는지 분명히 말하려고 온 거야."

"이봐, 날 기억하지? 쭈니 친구 유원강. 이제 솜털 비행은 뗐나?"

피피는 기억했다. '그 따위로 날면 운 좋게 천당에 가도 천사 날개나 죽도록 닦는 신세일 거야.'라며 비아냥대던 갈매기였다.

"자네 때문에 코미디언이란 직업이 생기겠어. 우린 그런 천박한 웃음 따윈 필요 없는데 말이야."

피피가 이해하지 못하겠다는 눈으로 유원강을 바라보았다. 그러나 곧이어 다른 학부모가 유원강의 말에 맞장구를 쳤다.

"네. 맞습니다. 딱 굶어 죽기 좋은 직업이겠죠. 그러니 우리 아이를 웃음거리를 파는 아이로 만들지 마세요. 당신을 만나고부터 얼마나 우스꽝스럽게 나는지, 그 천박함에 현기증이 날 지경입니다."

비록 정중했지만, 목소리에는 날이 세워져 있었다.

"허풍선이 같은 말로 어린 아이들을 현혹하면 안 됩니다. 우린 당신을 이 무리에서 쫓아낼 수도 있어요. 경고하는 겁니다."

'쫓아낼 것은 제가 아니라, 여러분 마음속에 있는 허영과 무지입니다.'라는 말이 목 끝까지 올라왔지만, 피피는 억지로 꾸울떡 삼켰다.

"우리 큰아이는 지금 곡예단에서 행복한 삶을 살고 있어요. 동생 역시 그 길을 가야 합니다. 그게 바로 우리 가문의 큰 바람입니다. 그런데 당신이 망치고 있어요. 당신의 처신에 대해 고려해주길 바랍니다."

유난히 눈동자 주변이 붉은 한 갈매기가 굵직한 목소리로 말했다. 눈 주변의 짙은 검붉은 색 때문인지 정중했지만, 대단한 협박처럼 느껴졌다.

"제가 산울이를 처음 만난 날에 대해 이야기해도 되겠습니까?"

"무슨 말. 그냥 아이들을 유혹하지 말라면 그런 줄 알아."

유원강이 위협적인 목소리로 피피를 노려보았다. 그러나 피피는 하려던 말을 했다.

"내가 혼자 날고 있는데 그가 다가와 말하더군요. '당신이 나는 것은 여행자 자세인가요? 매우 독특하고 아름다워요.' 난 내가 나는 것을 볼 수 없습니다. 그러니 아름다운지 기괴한지 알 수 없습니다."

"기괴하다네."

플레처의 재빠른 응수에 학부모들이 일제히 낄낄거렸다. 그러나 피피는 개의치 않고 이야기를 이어갔다.

"그럴지도 모르겠네요. 어쨌든 난 플레처 선생님이 말했다시피 유급 당하기도 했는걸요. 하지만 산울이가 말한 독특함과 아름다움은 나답게 날았기 때문입니다. 더구나 산울이는 말했지요. 그렇게 날기 위해서 얼마나 고통을 참아야 합니까? 난 나답게 날기 위

206

해 고통을 견디라 하지 않았습니다. 난 아이들과 나는 것을 즐겼을 뿐입니다. 물론 아침부터 나한테 온 아이는 따끔하게 혼내겠습니다. 하지만 방과후만이라도 자신답게 날 시간을 갖게 하십시오."

"그렇게 우스꽝스럽게 나는 것이 아름답다는 거요? 그렇게 날아서 뭐에 쓰게요. 곡예단 시험에 나오는 것도 아니고, 지도자가 인정해주는 것도 아니잖아요. 당최 쓸모가 없는 거예요, 쓸모가."

학부모가 거칠게 날개를 퍼덕이며 열을 냈다.

"우스꽝스럽게 보이는 게 목적이라면 쓸모가 있겠네요. 웃음거리요."

또 다른 학부모가 말했다. 그러자 학부모들이 클클거리며 웃었다. 피피는 그들의 웃음이 그치기를 기다려 차분하게 이야기를 시작했다.

"'나는 것을 연습하고 또 연습하라. 나는 자 속에서 선을 발견할 수 있을 때까지. 그것이 곧 사랑이라.' 여러분도 아시다시피 1장 8절 말씀입니다. 나는 것을 배우는 것은 무엇에 쓰기 위해서가 아니라 선을 발견하기 위함입니다. 또한 자유를 발견하고 우리 갈매기의 본질을 발견하기 위함입니다. 여러분의 자녀들이 여기에서 얼마나 즐겁게 나는지 한 번만이라도 본다면 그런 소리는 하지 않을 겁니다."

그러나 피피의 말은 오히려 학부모들을 흥분시켰다. 그들은 여기저기서 중구난방으로 떠들어대기 시작했다.

"보자보자 하니까, 이게 어디서 훈계질이야. 성자 마을에 유학 갔다 오면 다냐?"

"선이고 나발이고 그건 다 낭만적인 시대나 할 개소리고."

"자유 같은 소리 하고 있네. 그렇게 허접한 비행만 배워서 인간들 쓰레기 주변이나 맴도는 게 자유고 사랑이냐?"

"괜히 쮸니의 명예를 더럽히지 말고 이쯤에서 집어치워."

유원강의 입에서 쮸니의 이름이 나오는 순간 피피는 머리끝까지 피가 솟구쳤다. 피피는 플레처를 보았다. 그러나 플레처는 오히려 학부모들을 선동하듯 고개만 끄덕이고 있었다. 그런 플레처를 보자 피피는 그만 억제할 수 없는 분노가 솟구쳤다. 그는 핏대를 세우고 소리를 질렀다.

"여러분의 자녀가 곡예단의 정식 단원도 되지 못하고 사막에서 사라졌다고 생각해 보세요. 믿을 수 있겠습니까? 인정할 수 있겠습니까? 기기묘묘한 자세로 날다가 날개가 휘어졌고, 물갈퀴가 성장을 하지 못해 수영도 제대로 하지 못하는데, 곡예단에도 들어가지 못하고 탈락했습니다. 인정할 수 있겠습니까? 둘러보세요. 우리들의 비행이 정상인지, 갈매기다운 비행인지. 우린 수리가 아니고, 알바트로스도 아닙니다. 발로 사냥감을 움켜쥘 수도 없고, 엄청나게 큰 날개도 없습니다. 우리는 갈매기입니다. 무엇보다 우리 모두 곡예단이 될 수 없습니다. 그런데 우리의 목표는 오로지 곡예단입니다. 곡예단이 못된 다음 우리의 삶은 무엇인가요? 곡예단이 못된 나는 나에게 나를 무엇이라 설명할 수 있을까요. 곡예단이 못된 피피요? 실패자 피피요? 탈락자 피피요? 찌질이 피피요?"

피피가 흥분해서 소리치자 이번엔 학부모들이 차분해지면서 비아냥대기 시작했다.

"유급생 피피."

유원강의 대꾸에 와- 하는 웃음소리가 하늘로 번졌다.

"그래, 그게 바로 너의 정체성이야. 유급생 피피."

"쟤가 지금 뭐래니?"

"아무래도 회의에서 이 문제를 다루어야 하겠습니다. 말로는 듣지 않네요."

피피는 다시 플레처를 똑바로 바라보았다. 흔들리지 않는 눈동

자의 강렬한 빛이 플레처의 눈동자에 챙, 하고 부딪쳤다. 플레처
는 고개를 돌렸다. 그러더니 학부모들을 향해 말했다.

"여러분. 제가 피피와 우리들의 걱정에 대해 진지하게 이야기를
나누겠습니다."

학부모들이 한바탕 떠들썩하게 제 할 소리들을 주워섬기고 자
리를 떠났다. 그들이 떠난 자리에 무거운 적막이 내려앉았다.

"넌 지금 내 가르침을 정면 부인하고 있어."

"왜 그런지 선생님이 더 잘 아십니다. 난 선생님이 캐시에 대해
어떤 생각을 갖고 있었는지 알고 있습니다. 캐시에 대해 무엇을
걱정했는지도요."

"네 눈엔 내가 캐시처럼 보인다는 거니? 고급반은 해체되었다."

"네. 권력 다툼에서 졌다는 얘기를 들었습니다. 하지만 또 다른
캐시가 나올 겁니다."

"왜 그렇게 생각하지?"

"아이들을 날게 하는 것이 헛된 욕망이기 때문입니다."

피피는 성자 마을에서 보고 들었던 이야기를 했다.

"부친 플레처는 추앙 받고 있었지만 괴로워했습니다. 자신들의
집단이 말씀으로 기기묘묘해지고 있다는 걸 알고 있었으니까요.

생각해 보면 그건 필연입니다. 우리는 백만 마리 중 하나가 겨우 나올까 말까한 조나단이 아니니까요."

"너야말로 또 다른 캐시가 될 수 있어."

"난 영웅 따윈 되고 싶지 않습니다. 영웅이 어떻게 변질되는지 누구보다 잘 압니다. 심지어 성자가 왜곡되는 것도 보았는걸요. 난 그저 날 찾아오는 갈매기들 곁에 있고 싶을 뿐입니다. 평범한 이웃 피피로요."

"그렇게 될 수 없다. 이미 네가 하는 일이 우리 무리의 체제를 거스르고 있어. 네가 하는 일은 우리 무리의 이념과 체제를 밑동부터 흔들 거야. 지도자 무리는 그걸 염려하는 거야."

"결국 체제를 위한 거군요. 린드 강령이 만들어놓은 체제. 고통 받는 아이들, 몸부림치는 아이들을 위한 게 아니고요."

"……조용히 떠나라. 이게 쭈니를 기억하는 나의 마지막 배려야."

"한 가지 더 놀라운 일을 말할까요? 조나단이 돌아왔습니다. 자신의 고향 마을에요."

"뭐라고? 조나단 성자 말이냐?"

플레처가 화들짝 놀라며 피피를 바라보았다. 피피는 자기도 모르게 플레처가 화들짝 놀라는 모습을 유심히 바라보았다. 화들짝. 저런 모습이군.

"넌 그런데 왜 여기로 돌아왔니? 어떻게 그런 성스러운 분을 뵙고 그분 곁에 오래도록 있을 생각을 하지 않았던 거지?"

플레처는 피피의 말을 믿을 수 없다는 표정을 지었다.

"난 이미 내가 되었으니까요."

"뭐라고?"

플레처가 이해할 수 없다는 듯이 피피를 바라보았다. 피피가 그런 플레처를 바라보며 빙그레 웃었다.

"아마 몇십 년이 흐르고 나면 그 마을엔 새로운 경전이 하나 더 추가된 것 말고 다른 변화는 없을 겁니다……. 아, 동상이 수정되겠네요."

"오, 맙소사! 자네 지금 무슨 말을 하는지 알고 하는 건가? 체제 위협 발언도 모자라 이젠 신성 모독이야, 신성 모독."

"오, 맙소사! 선생님이 이런 말을 하실 줄 몰랐습니다. 설령 그렇다 한들 린드 강령만하겠습니까?"

플레처는 불쾌한 얼굴로 피피를 바라보았다. 피피는 아무렇지 않은 듯 웃음을 씩 날렸다.

"선생님, 저와 함께 비행 산책을 하실래요?"

"아니, 됐네. 자네가 독특하게 난다는 소문은 들었어. 설마 그걸 자랑하자는 건 아니겠지?"

"전 선생님과 나란히 비행 산책한 기억이 참 좋습니다. 내가 유급 당했을 때 날 위로해 주셨던 기억을 다시 느끼고 싶은 거죠. 나답게 나는 것으로 자랑할 필요는 없습니다. 선생님은 선생님답게 나시고 나는 나답게 나는데 경쟁하고 자랑하고 잘난 체 할 필요는 없으니까요."

"날 가르치겠다는 건가?"

"아뇨. 선생님이 제게 가르쳐주신 것을 복습하는 겁니다."

"난 성자에게서 대대로 내려오는 경전과 플레처 린드 강령대로 가르쳤네. 그것이 우리 집단에서 추구하는 것이니까. 누구도 방종하고 오만하라고 가르친 적이 없다네."

피피는 꼿꼿한 자세로 자신을 노려보는 플레처를 바라보았다. 기억속의 플레처와 달랐다. 어렸을 적 스승 플레처는 따뜻하고 배려심이 있는 분이었다. 피피는 만약 무리에서 문제가 된다면 부모님 말고 유일한 피난처가 플레처일 거라고 생각한 적도 있었다.

"선생님, '갈매기는 진정한 갈매기 자신이 될 자유를 가지고 있다. 갈매기의 길을 방해하는 것은 아무것도 없다. 그것이 위대한 갈매기의 규정이다.'라는 외전의 말씀에 대해 저에게 가르침을 주세요."

피피는 다시 어린 시절로 돌아간 듯 공손하게 플레처에게 배움을 청했다.

"그저 경전을 달달 외우는 버릇은 여전하구나. 개인적인 갈매기로 살아갈 방법과 무리 안에서 살 방법 두 가지가 있다는 걸 알려주마. 개인적 삶이야 혼자서 물장구를 치든 한밤중에 춤을 추든 갈매기의 길을 방해할 건 아무 것도 없어. 하지만 우리는 무리를 이루는 사회적 동물이야. 따라서 무리의 시스템을 부정하는 갈매기는 무리에서 살 수 없다는 것을 의미하지."

피피는 꽁지를 모래밭에 파묻고 싶었다. 어깻죽지에서 힘이 완전히 사라지는 것이 느껴졌다. 이제는 플레처가 마음을 바꿔 비행 산책을 가자고 해도 갈 수 없을 것이다. 피피가 말한 외전은 린드 강령에서 말한 '진정한 갈매기는 무리 속에 있으며, 무리의 길을 방해하는 자는 진정한 갈매기가 아니다.'와 정면으로 부딪치는 부분이었다. 이제와 생각하니 그 부분이 '외전'으로 밀려난 것 역시 린드 강령과 무관하지 않았다. 하지만 그걸 모를 리 없는 플레처는 끝내 피피의 청을 외면했다.

"이제 갈 곳이 분명해졌구나. 성자의 마을로 돌아가렴. 가서 너의 오만함을 치유하렴. 무엇보다 그곳에 또 다른 경전이 생기지 않도록 하렴. 너의 가족이 가장 잘할 일이겠구나. 너의 아버지 구가 어떤 갈매기인지 난 또렷이 기억한다. 우리 무리에서 진즉에 추방했어야 했어. 쭈니가 사라졌을 때 실행하지 못한 게 아쉽구나. 마지막 은전이다. 가족과 함께 떠나. 추방 당하는 것보다 모양새가 좋잖니."

플레처는 마지막 말을 하면서 살짝 웃음까지 흘렸다.

"내가 떠날 이유는 없습니다. 난 여기 있을 거예요. 당연히 우리 부모님도요."

피피는 낮게 으르렁거리듯 그러나 단호하게 말했다.

"그래? 난 아직도 생생하게 기억하지. 흐흐흐."

플레처는 잠시 뜸을 들이며 피피를 꼬나보았다.

"쭈니가 사라졌다고 공표하던 날, 자네 아버지 구는 절박하게 외쳤어. '잠시만요, 잠시만요, 우리 쭈니와 함께 했던 실습생 이야기를 듣고 싶습니다. 한마디만, 정말 한마디만요. 제발.' 클클클. 그때 구의 목소리가 얼마나 떨리고 분노에 찼는지 난 기억하지.

그때 그 목소리를 자네를 추방한다는 회의에서 다시 듣고 싶은 맘은 없네."

피피는 한마디도 더 할 수 없었다. 속에서 묵직한 무엇이 치받쳐 올라왔다. 조금만 더 있으면 그 묵직함은 곧바로 피피의 날개를 움직일 것이고, 부리를 움직여 플레처를 물어뜯을 것이다. 그 분노가 극에 달해 피피가 드디어 묵직한 공격 펀치를 날리려는 순간, 플레처는 훌쩍 날아올랐다. 피피는 마지막 카드를 손에 쥔 채 그의 비행 궤적을 바라보았다. 플레처는 피피의 머리 위를 낮게 날면서 작별 인사를 했다.

"아버지 소식은 고마웠네. 한때나마 내 제자였던 인연은 여기까지네. 내 이야기를 명심하게."

플레처는 뒤도 돌아보지 않고 곧바로 높이 날아올랐다. 피피는 고개를 떨어뜨렸다. 고개조차 무거웠다. 그가 부리를 앞가슴털에 처박고 죽은 듯이 있는데 갑자기 플레처의 목소리가 들렸다.

"참, 조나단이 다시 나타났다는 헛소리는 더 이상 말게. 자네 명을 재촉할 소리란 걸 내가 보장하지."

피피는 믿을 수 없었다. 어린 날 자신이 보았던 플레처가 아니었다. 피피는 플레처 린드가 사라졌다는 소리를 하지 않은 게 다

216

행이라고 생각했다.

해가 다 지고 땅거미가 내리도록 피피는 그 자리에 있었다. 머릿속이 복잡해서 날 마음도 없었다. 아침 이후로 먹은 것도 없었다. 돌섬 너머로 보름달이 둥싯 떠올랐다. 달빛에 사위가 하얗게 빛났다. 낮은 해조음과 달빛에 부서지는 물빛이 서글프도록 아름다웠다.

"피피."

느닷없는 소리에 피피는 고개를 들었다. 도도였다. 도도는 조용히 날개를 접고 피피 옆에 앉았다. 그리고 숭어 한 마리를 바닥에 내려놓았다.

기꺼움에 피피의 온몸이 잔파동을 일으키며 부스스 깨어났다. 잔뜩 굳어있던 머릿속이 스르르 풀리는 게 느껴졌다. 따뜻한 무언가가 몸과 마음이 관통하는 어느 지점에서 꽃처럼 피어났다.

피피는 말없이 숭어를 삼켰다.

"플레처와 몇몇 부모들이 몰려가는 걸 보고 눈치챘어요."

"쭉 지켜봤나요?"

도도는 대답하지 않았다.

"조나단 성자 이야기도 들었나요?"

피피의 조용한 물음에 도도가 피피를 똑바로 바라보았다.

"정말 진정한 자신이 느껴지나요? 그것이 성자를 만나는 것보다 더 큰 기쁨이던가요?"

피피는 도도의 깊은 눈을 바라보았다. 어둠 속에서도 도도의 눈은 빛났다.

"비교할 수 없어요. 어느 순간 그 기쁨은 같다고 느꼈을 뿐이에요. 혹 모르죠. 성자를 만나지 않은 것을 두고두고 후회할지."

"아!"

도도는 더 이상 피피를 바라보지 않았다. 조밀한 침묵이 둘을 감쌌다. 달빛이 고적함을 더했다. 해조음과 더불어 아주 미세한 소리까지, 밤의 세계는 소리들의 세상이었다.

급기야, 무리에서 회의가 열렸다. 한 차례 아침 사냥을 끝내고 기분 좋은 목욕을 하던 참이었다. 햇살은 돌섬을 주황빛으로 부드럽게 감싸고, 산들바람이 물비늘 위에서 춤을 추었다. 바람과 한바탕 춤을 추기에 딱 좋은 날이었다. 무리는 모두 지도자의 지시에 따라 돌섬으로 모였다. 구와 연우는 불안한 눈길로 피피를 바라보았다. 피피는 연우 곁에 바싹 붙어 날개로 그녀의 등을 토닥였다.

"얘야, 넌 어떤 상황이든 우리 가족이야. 우린 널 버리지 않을 거야. 만약 네가 추방 당한다면 나도 함께 갈 거야."

연우가 다시 피피의 등을 토닥이며 작게 속삭였다. 피피는 연우 눈에서 쭈니가 사라졌다는 소식을 들었을 때의 슬픔을 보았다.

"고마워요, 엄마."

지도자 중 우두머리가 무리가 모두 왔는지 확인한 다음 무리 위를 낮게 날았다. 무리 중 일부는 피피를 힐끔거렸다. 학부모로 왔던 일부 갈매기들이었다.

"이미 알고 있는 분들도 계시겠지만."

지도자는 무리 앞쪽 높은 바위에 날개를 접으며 말문을 열었다. 그는 이미 학부모들 사이에서 불만이 폭주했었다는 사실을 밝힘으로써 지도자들의 독단으로 이 회의가 열리지 않았음을 알림과 동시에 회의가 열리기까지의 과정을 설명했다. 그의 이야기가 끝나자 피피를 찾아왔던 학부모 중 하나가 앞으로 나왔다.

마루의 엄마였다. 한때 크라운의 엄마이기도 했었던 그녀는 나올 때부터 이미 겁에 질렸고 울상이었다. 그녀는 먼저 크라운의 사라짐과 그 영광에 대해 이야기하기 시작했다. 그러면서 크라운이 사라지고 태어난 마루 역시 크라운만큼 훌륭한 아이라는 것에 감사하고, 성자의 은총이며 크라운의 보살핌이라며 감사 표시를 했다. 마치 간증처럼 그녀는 스스로의 이야기에 달떴고, 잠깐 행복한 표정이 되었다.

"하지만 저 피피를 만나면서 우리 마루가 달라졌어요. 마루는 마치 성자 시대 이전의 원시 갈매기처럼 날았고, 우스꽝스러운 것을 자랑스럽다고 하기 시작했어요. 나에게도 대들기 시작했죠. 심지어 우리의 영광스런 아들 크라운에 대해서도 엉뚱한 소리를 지껄여 댔습니다. 너무 불경스러워서 차마 제 입으로 옮길 수도 없는 말이랍니다."

그녀의 목소리 절반은 울음에 잠겨 있었다.

"그래서 말인데, 우리 마루를 보아서도 그리고 우리 무리를 위해서도 피피는 추방해야 한다고 생각해요. 그는 우스꽝스러울 뿐만 아니라 매우 불경스러운 자예요."

아끼끼, 아끼끼, 성스런 감탄사가 우레처럼 쏟아졌다. 갈매기들의 외침을 뚫고 연우가 날개를 퍼덕이며 앞으로 나가려고 했다. 그러나 피피는 한쪽 날개를 펴 연우의 어깨를 감쌌다. 그리고 눈빛으로 연우의 행동을 말렸다.

그 사이 갈매기들의 폭풍같은 성스런 감탄사가 끝나기도 전에 또 다른 학부모가 일어나 앞으로 나왔다. 유원강이었다. 그는 특유의 강인함과 투철한 믿음을 갑옷처럼 입고 나타났다.

그는 자신의 자식이 학교에 흥미를 잃은 것이 모두 피피 탓이라고 했다. 피피를 만난 후부터 이상하고 우스꽝스런 비행에만 몰두했다는 것이다. 피피는 막무가내이며 예의조차 모르고 파렴치하며, 천박함으로 어린 것들을 물들이는 위험한 일을 계속 하고 있다며 열변을 토했다. 그는 자기 자식이 사회에서 웃음거리가 되는 것을 원치 않으며, 사회에서 쓸모없는 갈매기로 산다는 것은 죽음과 같다고 했다. 특히 유급생 찌질이었던 피피가 그 배후에 있다는 것에 모욕을 느낀다고 했다.

배후에 피피가 있다는 것에 모욕을 느낀다는 말이 끝남과 동시에 연우와 구의 다리와 날개가 곧 날 자세로 바뀌는 것을 피피는 놓치지 않았다. 피피는 구의 발을 슬쩍 밟으며 연우를 바라보았다. 양 날개로 연우와 구의 어깨를 지그시 눌렀다.

"산울이는 그 전부터도 유급생인데."

어디선가 날아온 말이 푸드덕거리던 구의 날개를 접게 만들었다. 피피는 소리가 날아온 쪽을 바라보았다. 플레처와 몇몇 학생들이 모여 있었다. 플레처는 피피와 눈을 마주치자 외면하며 다른 곳을 바라보았다. 동시에 무리 여기저기서 쯧쯧 거리는 소리가 들려왔다.

"제 말은 우리 산울이가 피피를 만난 다음부터 더 심해졌다는 말입니다."

목청껏 외쳤지만, 유원강의 말은 무리의 웅성거림에 묻히고 말았다.

"더 이야기할 말이 있습니까?"

지도자가 무리 위를 낮게 선회하며 분위기를 정리했다. 그는 무리가 잠잠해지는 것을 보고, 더 나설 자가 없다면 피피의 선생이었던 플레처의 말을 들어보고 싶다고 했다. 플레처는 짐짓 마지못한 듯 걸어서 무리 앞까지 온 다음, 풀쩍 날아 바위 위에 올라갔다. 그는 바위에 올라가고 나서도 무리를 휘익 둘러보며 한동안 말이 없었다. 플레처는 많이 고민했다는 듯 무겁게 입을 열었다.

"피피는 한때 나의 제자였습니다. 여러분도 아시다시피 그는 무능했고 유급까지 당했습니다. 또한 몇몇 학부모들이 최근 저에게 와서 걱정을 토로해서 이 일이 벌어진 사태에 대해서도 심히 우려를 하고 있습니다."

그는 고개를 숙이고 잠시 뜸을 들였다. 플레처는 피피 쪽으로 고개를 돌렸다. 그는 진정 근심하는 빛으로 피피를 바라보았다. 무리는 플레처의 눈을 따라 피피를 바라보며 동정과 아픔의 눈길을 보냈다.

그러나 피피는 플레처의 눈빛 속에 숨은 의미를 알았다. 바로 어제 저런 눈빛으로 피피를 보았다. 경멸과 분노가 혼재된 눈빛이었다.

도도와 만난 다음 날, 피피는 플레처를 찾아갔었다. 플레처는 피피의 방문이 의외인 듯 꽁지를 들썩거렸다. 오후의 출출한 배를 채우기 위해 잠시 쉬던 갈매기들이 하나둘씩 사냥을 떠나려다 둘을 힐끔거리며 바라보았다. 플레처는 다른 갈매기들이 신경이 쓰이는 눈치였다.

피피가 먼저 바람코지로 날아갔다. 뒤이어 플레처가 나타났다. 플레처는 거만한 자세로 바람코지 위를 한 바퀴 선회하고 부드럽게 활강해 피피 옆에 날개를 접었다.

"거친 곳이에요."

피피가 먼저 말문을 열었다. 그러나 플레처는 피피의 의도를 알기 전까지 입을 열지 않겠다는 듯 완강한 몸짓으로 주위만 둘러보았다.

"조나단 성자가 추방 당했던 벼랑에서 보냈었죠. 생각보다 무리에서 멀리 떨어진 곳도 아니었고, 이처럼 거친 곳도 아니더군요. 그래서 처음 그곳이 성자가 추방 당했던 곳이라는 이야기를 듣고 믿을 수 없었지요. 실망이랄까, 충격이랄까, 아무튼 얼떨떨한 기분이었어요. 나와 함께 있던, 그 조나단 성자의 재림을 보았다는 그 친구 말입니다, 그 친구가 그러더군요. 순례자들이 다들 놀란다고요."

피피는 플레처에게서 눈을 떼지 않고 아무런 감정도 없이 이야기를 했다. 플레처 역시 피피의 의도를 몰랐으므로 여전히 목을 뻣뻣하게 쳐들고 무표정했다. 그러나 조나단 성자가 재림했다는 대목에서 아주 미세한 흔들림이 있음을 놓치지 않았다.

"재탕, 재회, 재교육, 재시험 그리고 재림. 뭐든 두 번째는 맥이 빠지거나 첫 번째의 벽을 넘기 힘들죠. 그래서 난 성자의 재림에 그다지 의미를 부여하지 않습니다. 하지만 그건 내 개인적인 생각이고요."

플레처가 기어이 그 문제를 건드리겠다는 거냐? 하는 눈빛으로 피피를 날카롭게 노려보았다.

"난 민주적인 결정을 존중합니다. 그것이 우리 무리를 지탱하는 매우 중요한 가치란 것도 압니다. 그곳에서 선생님이 제자인 저를 위해 훌륭한 변론을 해주실 것을 마지막으로 부탁드립니다. 어제 자신의 정체성에 대해 고민하며 저를 찾아왔던 곡예단 스타가 대중 앞에 나서지 않도록 말입니다."

"곡예단 스타? 누가 자넬 찾아갔단 말인가?"

"아직은 비밀입니다. 하지만 대중들의 마음을 충분히 흔들만한 단원이지요. 무엇보다 그가 내게 이런 용기를 주었답니다."

피피는 플레처에게서 눈을 떼지 않았다.

"지금 무슨 말이 하고 싶은 건가?"

"또 있습니다. 얼마 전 내게 온 꼬마가 그러더군요. '사라짐'이 무리를 오염시킬 천박한 게 아닌데 왜 꼭 곡예단 실습생한테만, 그것도 사막 여행 때만 나타나는 가 묻더군요."

"자, 빙빙 돌리지 말고 하고 싶은 말을 하시게."

플레처가 지친다는 듯이 피피를 다그쳤다.

"난 아주 입이 무거운 갈매기입니다. 가끔 충동적으로 무언가를 저지르긴 하지만 상대가 충동질 하지 않는 한 입은 매우 무

225

겁지요."

"그래서 그 무거운 입 속에 담아둘 것이 재림과 사라짐인가?"

"한 가지가 더 있지요. 하지만 아직 모르겠습니다. 대신 내가 원하는 것과 원하지 않는 것은 확실히 압니다. 난 전설이나 드라마의 주인공은 되고 싶지 않습니다. 여기 바람코지는 전설이 갖추어야 할 조건으로 지나치게 훌륭합니다."

그제야 플레처가 느긋하게 자세를 풀며 피피에게 비아냥댔다.

"그럼 바람코지 말고 자네가 원하는 곳을 선택하게. 추방자에게 이런 혜택을 주는 것은 쭈니의 동생에게 베푸는 은전일세. 물론 불온한 무리에게 확실한 경고를 보여줄 장치도 되고. 바람코지가 싫다면 힐링 센터를 추천하네. 물론 정체성에 대해 고민하던 곡예단 단원과 함께 하는 은혜도 베풀겠네."

피피는 플레처의 노회한 얼굴을 뚫어지게 바라보았다.

"어쨌든 나를 전설로 만드시겠다는 의지는 분명하다는 건가요?"

"허, 과대망상도 참 가지가지 하시네. 자네가 전설이 될 일은 눈곱만큼도 없어. 더구나 찌질이 유급생이 아무리 재림이네 사라짐이 사기네 하고 떠들어봤자 믿는 갈매기가 없단 걸 명심하게. 곡예단 단원? 그를 처리하는 방법도 간단하다네."

플레처는 자신 있게 고개를 세우고 마치 금방이라도 피피를 향해 똥이라도 한 무더기 갈길 듯한 태도였다.

"난 찌질이 유급생이 참 좋습니다. 평범한 이웃으로 존재할 힘이니까요. 그런데 내가 아직까지 말하지 않은 사실을 아는 순간 이 찌질이 유급생이 당신에게는 뼈아픈 상처가 될 수도 있겠네요."

피피는 훌쩍 날아올랐다. 피피가 가장 좋아하는 저녁놀이 바다에 붉게 물들었다. 바람의 방향이 조금씩 바뀌고 있었다. 피피는 노을빛으로 물든 자신의 날개를 우아하게 펄럭였다. 쭈니의 고난을 몸에 새기듯, 어린 갈매기들의 앳된 몸부림과 절망을, 늙은이들의 고단함을 털어내듯 힘차게 날갯짓을 했다. 새벽녘 물안개가 큰 날개덮깃 위에 흐르듯, 인간의 마을에서 가끔 흘러나오던 아름다운 음악이 꼬리덮깃을 띄우듯, 피피는 온몸이 안개가 되고, 음악이 된 듯이 날았다. 피피는 저녁놀의 아름다운 그늘 속으로 들어갔다가 붉은 빛으로 빛나는 물마루를 스쳤다. 망부석처럼 굳어진 플레처의 부리를 건드리듯 날았다가 플레처의 꽁지를 살짝 발로 간질이기도 했다. 그러다 바람코지 벼랑 아래에서 불쑥 날아오르기도 했다. 바람처럼 날았다가 문득 눈앞에 거대한 그림자로 나타나기도 했다.

플레처는 멍하니 피피를 바라보았다. 분명 사라짐의 기적이나 엄청난 속도로 제압하는 비행은 아니었다. 그럼에도 거부할 수 없는 힘이 느껴졌다. 플레처는 이 낯선 상황을 이해할 수 없었다.

"아직도 떠나지 않으셨나요?"

플레처가 깜짝 놀라 뒤를 돌아보았다. 방금 전까지 바다 한 가운데서 선홍의 노을빛으로 물들었던 피피가 어느새 자신의 뒤에서 검은 그림자처럼 날개를 접고 앉아 있었다.

"아직 계시니, 그 이야기도 마저 해야겠군요. 내가 당신의 아버지, 플레처 린드도 만나 보았다는 얘기를 했던가요? 그 분께 린드 강령에 대해 여쭌 적이 있습니다. 무척 놀라더군요. 나 역시 그 분만큼 놀랐던 건 성자의 마을엔 린드 강령이 없다는 점이랍니다."

플레처는 움찔했다. 그의 눈빛이 격렬하게 이글거렸다. 경멸과 분노의 눈빛이었다.

"내일은 지도자들을 초대할까 합니다. 당신을 먼저 초대한 것은 옛 스승에 대한 마지막 예우였습니다. 아마 지도자들은 내 소박한 소원을 외면하지 않을 거라 생각합니다. 어쩌면 성자의 마을로 가는 길을 안내해달라고 할 수도 있겠네요."

플레처는 피피를 멍하니 바라보았다. 어느새 푸른 이내가 내리기 시작했다. 곧 검푸른 어둠으로 바뀔 것이다. 바람의 방향은 바뀌어 한층 날카로워졌다.

"이곳은 밤을 지새우기엔 적합하지 않습니다. 낮에 보니 들고양이들이 무척 많더라고요. 그럼 나는 먼저 갑니다."

순간 피피는 푸른 어둠의 흔적만 남기고 사라졌다. 플레처는 어둠 속을 무연히 바라보았다. 그는 미동조차 없었다.

"제자는 나의 꿈과 희망이기도 하지만, 해소할 수 없는 아픔이기도 합니다. 때로 몇몇 제자는 그의 삶 전체가 걱정스럽고 내 삶을 온통 근심으로 물들게도 합니다."

플레처는 피피에게 향했던 경멸의 시선을 거두었다. 그리고 무리의 시선을 다시 자신에게 끌어모으며, 교사로서 자신의 사랑에 대해 장황하게 이야기를 했다.

"바닷가의 돌멩이는 우리에게 쓸모가 없어 보입니다. 그러나 조개를 먹을 때 돌멩이가 없다면 조개껍데기는 쉽게 깨지지 않습니다. 아무리 높이 날아 떨어뜨린다 해도 모래밭에서는 쉽지 않지요. 그의 과거는 열등하고 쓸모없어 보입니다. 그러나 누군가에게 위로가 된다면 그는 쓸모 있는 돌멩이가 될 수 있습니다. 일부 어린 학생들이 학교에서 지친 심신을 잠시의 우스꽝스러움으로 해소할 수 있다면 그 역시 필요한 일입니다. 그래서 나는 여러분께 제안합니다. 나는 그가 정규 과정을 따라가는데 잠시 어려움을 겪거나 지치고 힘들어 하는 아이들이 잠시 웃고 갈 쉼터가 되는 것을 허용하고 싶습니다. 물론 우리의 정식 학교가 아닙니다. 따라서 쉼터에 가라고 강요하지 않아도 됩니다. 권장할 일도 아닙니다. 그저 방과 후에 지친 아이들을 돌보는 정도면 내 옛 제자의 쓸모를 발견할 수 있으리라 생각합니다."

플레처는 다시 역겹다는 눈길로 피피를 바라보았다.

"에휴, 저 가슴 아파하는 모습 좀 봐. 역시 플레처는 위대한 스승이야."

무리에서 누군가 낮게 쯧쯧거리는 소리가 들렸다.

무리는 한동안 유원강과 플레처로 나뉘어 열띤 토론을 벌였다. 피피는 그들의 토론에서 열등하고 뻔뻔하며 무리에게 악습을 심어줄 파렴치한이기도 했고, 불쌍한 갈매기 역시 살만한 가치가 있는 존재이며 쭈니의 위대한 명예를 위해서 한 번쯤 봐줘야 하는 대상이 되기도 했다. 심지어 무리의 위대한 스승인 플레처의 부탁을 거절하면 안 된다고 목소리를 높이는 자도 있었다. 그러나 토론은 오래 가지 않았다.

"유급생 산울이 부모님의 의견에 따르겠다는 쪽은 저쪽으로, 우리의 위대한 스승인 플레처의 말에 따르겠다는 쪽은 이쪽으로 나누어 서시오."

지도자의 우렁찬 목소리에 열띤 토론을 벌이던 갈매기들은 일제히 입을 다물었다.

아침이 밝았다. 아무것도 변하지 않았다. 다만 찌질이였던 피피가 그의 부모와 함께 아침 산책 비행을 할 때마다 몇몇 갈매기는 피피의 아름다운 비행이 어디에서 오는지 궁금해 하기 시작했다. 화려하지도 않고 평범한데, 아름다운 이유에 대해 갈매기들은 이해할 수 없는 멍한 눈으로 바라보기도 했다.

여전히 아이들은 학교에서 기기묘묘한 자세를 배웠다. 아이들의 꿈은 곡예 단원이 되어 무리의 찬사와 명예를 얻는 것이었다. 그러나 산울이와 마루처럼 중급반 대신 피피의 그룹에서 하루를 소일하는 아이들도 생겨났다. 하지만 여전히 누군가는 피피를 모욕하거나 산울이나 마루를 경멸하기도 했다.

"아빠는 내가 부끄럽대요. 난 그런 아빠가 더 안타까워요."

산울이가 학교를 그만두던 날, 산울이는 기어이 눈물을 보였다.

"울지 마라. 눈물이 누군가를 설득하던 때는 지났다. 자, 우리가 먼저 행복해지자. 우리의 작은 행복이 누군가의 발등을 적실 것이다."

피피의 목소리는 작았지만 결코 파도에 묻히지 않았다.

가끔 피피와 비행 산책을 하자고 오는 어른들도 있었다.

"당신과 함께 날면 내 날개가, 내 꽁지깃이 하는 말이 들려요. 자유가 느껴져요. 그걸 이제야 발견하다니, 놀라워요."

또 다른 갈매기가 말했다.

"당신과 함께 날수록 후회와 회한이 내 뒤통수를 내려쳐요."

"오, 이런. 드디어 내가 돌멩이로 변신했나요?"

"아마도. 클클클."

"당신은 원래부터 자유로웠어요. 힘내요. 이제 몸과 마음으로 알아챘으니 그것을 끄집어낼 수 있을 거예요. 그럼 뭐가 나오는지 아세요?"

기대에 가득 찬 눈으로 갈매기가 피피를 바라보았다. 피피는 이런 말을 해줄 수 있어서 진정 기쁘다는 표정을 지었다.

"……"

갈매기는 기쁨으로 일렁이되, 말은 하지 않는 피피를 바라보다 스스로 질문 같은 대답을 하며 피피를 바라보았다.

"행복 바이러스?"

"네. 자신으로 향한 첫 번째 문이 열린 징조지요."

피피는 그 갈매기 주변을 둥글게 날았다. 곧이어 다른 갈매기 역시 피피 주변을 날며 화답했다. 원들은 서로 겹쳐지기도 하고 이웃하기도 했다. 향긋한 바람이 날갯짓에 따라 사방으로 퍼졌다. 좀 더 떨어진 곳에서 도도가 피피의 무리를 바라보았다.

피피는 충만해진 마음으로 바다 위를 천천히 날았다. 그의 모습은 특별하지 않았다. 하지만 세상 그 어느 갈매기보다 아름다웠다.

작가의 말

'굿바이'라 말할 수 있는 분들께

내 발자국을 잊은 지 오래된 사색의 정원이 있었다. 모르는 사이 거기로 가는 길엔 두터운 눈이 덮였고, 눈 아래 많은 것이 한 가지 색으로 묻혀 있었다. 평화롭고 고요해서 '만사 오케이'하듯 느긋했다. 그 세월의 무게를 살며시 젖히니 익숙하면서 새로운 세상이 드러났다.

그곳에 피피가 있었다. 나는 피피에게 물었다.

"어떻게 살았니?"

이 이야기는 피피의 대답이다.

피피와 노는 동안 리처드 버크가 45년 만에 조나단이 살던 곳을 방문했다는 소리를 들었다.[1]

그곳에 가보니 새롭게 쌓은 돌탑이 보였다. 조나단의 흔적도 새롭게 새겨졌다.

---

1) 이 책 '굿바이'는 리처드 버크의 '갈매기의 꿈'을 이어 쓴 내용이다. 내가 이 작품을 쓰는 동안 리처드 버크는 3장으로 된 자신의 책에 4장을 더 내놓았다. 좀 더 엄격하게 말하면 나는 4장이 덧붙여진 지 한참 후에야 알았다. 그의 책 후기에 보면, 그는 이 4장은 처음부터 썼던 거지만, 〈조나단의 해답을 추구한 갈매기들이 의례로 비행 정신을 죽일까?〉 하는 의구심으로 출판의 필요성을 느끼지 못했다고 한다.

이제 피피와는 작별을 고해야 하는 걸까?

그러나 나는 피피와 함께 조나단에 대해 더 생각하기로 결정했다. 피피는 돌탑과 다른 이야기를 들려주고 싶다고 했다.

몇 개의 직업을 거쳐 대여섯 해 전에 새롭게 시작한 나의 또 다른 일은 학생들과 책을 읽거나 시사적인 문제에 대해 토론하는 것이다. 이 일을 하면서 다시 '갈매기의 꿈'을 보았다. 당연히 새롭게 읽혔다. 리처드 바크가 4장에서 제기한 문제의식과 내가 피피를 새롭게 등장시킨 문제점이 다른 것은 당연한 일이다. 그런 점에서 부지런한 독자라면 두 배의 재미를 느낄 것이다.

학생들과 함께 읽는 '꿈'은 쉽게 평화로울 수 없고, 고요할 수도 없으며 아름답다고 말하기 어려웠다. 따르고 본받고 이루어야 하는 격렬한 사랑은 마음속의 추상일 때만 아름다웠다. 내 곁에 있는 많은 피피가 그것을 말해주었다.

나 역시 피피의 친구들에게 말해주고 싶은 게 있다.

바람은 길을 따라 달리지 않고, 갈매기는 그 바람을 타고 난다.

이명인